【环保中国·自然生态美文馆】

行走在岸上的鱼

主编◉马国兴　吕双喜

郑州大学出版社

图书在版编目(CIP)数据

行走在岸上的鱼/马国兴,吕双喜主编.—郑州:
郑州大学出版社,2015.6(2023.3重印)
(环保中国·自然生态美文馆)
ISBN 978-7-5645-2283-4

Ⅰ.①行… Ⅱ.①马…②吕… Ⅲ.①小小说-小说
集-中国-当代 Ⅳ.①I247.8

中国版本图书馆 CIP 数据核字(2015)第 097860 号

郑州大学出版社出版发行
郑州市大学路 40 号   邮政编码:450052
出版人:孙保营   发行部电话:0371-66658405
全国新华书店经销
三河市鑫鑫科达彩色印刷包装有限公司印制
开本:710 mm×1 010 mm 1/16
印张:13
字数:194 千字
版次:2015 年 6 月第 1 版   印次:2023 年 3 月第 2 次印刷

书号:ISBN 978-7-5645-2283-4 定价:42.00 元
本书如有印装质量问题,请向本社调换

"环保中国·自然生态美文馆"

总策划、总主审

杨晓敏　骆玉安

编委名单

主　编　马国兴　吕双喜

副主编　王彦艳　郜　毅

编　委　连俊超　李恩杰　李建新

　　　　牛桂玲　胡红影　李锦霞

　　　　段　明　孙文然　郑　静

　　　　梁小萍　郑兢业　步文芳

序

在当下的文学大家族里,一些具有良好文学潜质的小小说作家,在经过多年的创作实践后,不仅在掌握小小说文体的艺术规律上愈加稔熟,能在字数限定、结构特征和审美态势上整体把握到位,而且在创作上有意识地思考,即在选择题材、塑造人物和表现形式上,也彰显出个性化的自觉追求。

比如,小小说作家在自然生态题材领域的探索,就为这个新兴文体的良性生长注入了鲜活的元素。

作家首先是一个人、一个公民,不能丧失人类良知和社会使命感。同理,作家首先是自然的一分子、自然的儿女,不能丧失生态良知和自然使命感。在愈演愈烈的生态灾难危及整个自然、整个人类之存在的时期,众多的小小说作家,以自己艺术化的作品,直面不断恶化的生态现实,反思人类陈旧的思想观念,赢得了读者的尊重与喜爱。

《环保中国·自然生态美文馆》丛书,集中展现了小小说作家以独特的艺术形式,探讨具有普适性的自然生态思想问题。

蔡楠的《行走在岸上的鱼》,传导多层面的文化信息,以诡异的题旨、唯美的笔调、梦幻一般的结构、强烈的批判意味,不动声色地解构现代文明在提升人们生存质量的同时,囿于人类无节制的欲望,正在把难以负重的大自然,一步步挤压得窘迫无奈,连鱼儿也出水逃逸。在作者眼里,什么都是可以变异的。所谓文明也是一柄双刃剑。人既可以用自己的聪明才智,创造出征服自然的硕果,当然也可以滋生为一种贪婪无度,来吞噬掉人类与大自然和谐相处的生态家园。

申平的《绝壁上的青羊》,注重象征手法的使用和宏大主题的有效表达。作者写一个农民为给儿子治病,不惜铤而走险到绝壁上去猎杀青羊。青羊本身就非常弱小,被人类和猛兽逼上绝壁;而农民同样作为弱势群体,因为看不起病而被逼上绝壁打猎。这两个弱势代表在绝壁上相遇,最后农民发现青羊怀孕而不忍心杀害它。农民最后挂在绝壁上,远远望去就像是一只青羊。这种象征意义远远超出了作品的主题本身,形成了一种非常形象而强大的冲击力。

非鱼的《荒》,结构奇崛,题旨宏大,语言叙述张弛有致。作者把政治、社会、人生、环境等重要元素糅合在一起,反诘着振聋发聩的古老命题。一种精神上的空虚几近令人崩溃,无处可遁。在不到两千字的篇幅里,作者以犀利的笔锋,剖开社会生活的截面,以清晰可鉴的年轮印痕,折射出人类进化史的缩影,也是小小说"微言大义"在主题指向上的鲜明体现。

安石榴的《大鱼》,立意高远,结构精当,叙述从容,留白余响。人类的文明进步和大自然的原始形态能否和谐相处,一直是一组被反复拷问的矛盾。人应该靠自律和品行的升华,才能为这个世界乃至自身带来福音。不仅仅是"打死也不说",而且是"打死也不做"。作品的叙述不疾不徐,流淌诗意,故事情节虽呈跳跃性,表述起来却十分工稳内敛,环境、人物、气氛与题旨恰如其分地糅合在一起。

袁省梅的《槐抱柳》,以诗意的语言、不断变换的视角,描写了一位与恶劣环境抗争的老人。作者笔下倾注了全部温情,把忧心和倔强、淳朴和狡黠表现得淋漓尽致,艺术地展现了生活的真实性和人物的典型性。这里,人与自然之间相互关照的理想主义思绪在鼓荡,成为一种诉求。人如此,树如此,一个村庄如此,一个民族巍然亦是如此。于是老人与树融为一体成为一种寓意、一种象征。

此外,孙春平的《老人与狼》、陈毓的《假若树能走开》、刘建超的《流泪的水》、刘国芳的《但闻人语响》、夏阳的《好大一棵树》、曾平的《村子》、何晓的《一个人的古树名木》,等等,这些代表性作家和优秀作品所折射出来的才华,以及对社会、人生、文学的深层理解,即使和从事别样体裁写作的同行比较,也不逊其后。

阅读这些以美感丛生的语言质地表达出复杂含义的佳作,不由得让人产生深层思考:

人类自鸿蒙初开,一路走来,整天把"征服自然,改造自然"的口号作为自己骄傲的旗帜,而今数千年过去,人类社会似乎是愈加趋于高度文明了,可扪心自问,由于携带着人性的丑恶和私欲,我们在栽种绿树鲜花之时,还注入了多少蒺藜的种子使我们自吞苦果?

农药使田野的鸟儿濒临绝迹,污染的江河不再清澈,一个巴掌大的山塬桃林,竟能成为方圆百里的风景名胜。在几乎是钢筋水泥构成的环境里,人类还能为孩子们谱写鲜活的童话吗?

在急功近利地提升物质生存指标时,如果不铲除贪婪、掠夺和占有的毒瘤,社会生活必然滋生浮躁、罪恶和恐惧,人类自己的灵魂将在哪一片净土上栖息?

显然,只有推行环境保护和修复心灵的工程,天、地、人才能和谐相处,世界才不至于畸形和扭曲。每一个人都是自然生态的接口,自身的积极努力必会促使自然生态的提升,谁也不要看轻了自己。

是为序。

杨晓敏

2015 年 1 月

目录

行走在岸上的鱼　　　　　　　　　蔡 楠　001

水家乡　　　　　　　　　　　　　蔡 楠　004

无鸟之城　　　　　　　　　　　　蔡 楠　008

秋 茫　　　　　　　　　　　　　刘建超　011

孤 傲　　　　　　　　　　　　　刘建超　014

骆驼追　　　　　　　　　　　　　申 平　017

水 怪　　　　　　　　　　　　　申 平　020

绝壁上的青羊　　　　　　　　　　申 平　022

两位驯鹰人　　　　　　　　　　　王 族　025

逃跑的鹰　　　　　　　　　　　　王 族　028

羊吃羊的故事　　　　　　　　　　王 族　031

藏狼的智慧　　　　　　　　　　　凌仕江　034

羚羊过山冈　　　　　　　　　　　凌仕江　038

春天已经来过　　　　　　　　　　张祖文　041

给你一个飞翔的理由　　　　　　　张祖文　044

王者的悠闲　　　　　　　　　　　张祖文　047

雪 豹　　　　　　　　　　　　　广雨辰　049

一个人的古树名木　　　　　　　　何 晓　052

神奇的自来水　　　　　　　　　秦德龙　055

怀念猪　　　　　　　　　　　　秦德龙　058

羊的行为艺术　　　　　　　　　秦德龙　061

天塘山的咒语　　　　　　　　　徐均生　064

狼　　　　　　　　　　　　　　徐均生　067

老獾那双眼　　　　　　　　　　杨海林　070

兽王之殇　　　　　　　　　　　朱耀华　073

猴山传奇　　　　　　　　　　　丁新生　076

海雕斗恶狼　　　　　　　　　　马文秋　079

雪山上空的生死搏斗　　　　　　马文秋　082

赞　达　　　　　　　　　　　　马文秋　085

村　子　　　　　　　　　　　　曾　平　088

一只羊　　　　　　　　　　　　曾　平　091

买鸟的结局　　　　　　　　　　周西海　095

老人与麻雀　　　　　　　　　　盐　夫　097

炫　车　　　　　　　　　　　　盐　夫　101

爷爷树　　　　　　　　　　　　陈　敏　105

村上的狼　　　　　　　　　　　陈　敏　107

重磅新闻　　　　　　　　　　　何一飞　110

狼　　　　　　　　　　　　　　鸿　琳　113

孤　独　　　　　　　　　　　　刘东伟　116

母猴吉咪　　　　　　　　　　　沙　舟　120

疯狂的豆芽　　　　　　　　　　邵昌玺　123

洗　衣　　　　　　　　　　　　海棠依旧　126

鸟　　　　　　　　　　　　　　何君华　129

放　鸦　　　　　　　　　　　　　　王　往　**132**

塘　　　　　　　　　　　　　　　　胡天翔　**136**

井　　　　　　　　　　　　　　　　胡天翔　**140**

金丝猴之死　　　　　　　　　　　　张爱国　**143**

诱　狼　　　　　　　　　　　　　　张爱国　**146**

痴心戈尔　　　　　　　　　　　　　赵悠燕　**149**

我是桑塞　　　　　　　　　　　　　赵悠燕　**152**

身后的狼　　　　　　　　　　　　　朱占强　**155**

撵山狗　　　　　　　　　　　　　　石建希　**159**

看门狗　　　　　　　　　　　　　　石建希　**163**

赛　虎　　　　　　　　　　　　　　石建希　**166**

水牛王　　　　　　　　　　　　　　海　华　**169**

送　水　　　　　　　　　　　　　　孔祥树　**172**

长青林　　　　　　　　　　　　　　马福临　**176**

吃草的狼　　　　　　　　　　　　　马福临　**179**

挥汗的村主任　　　　　　　　　　　卢生强　**182**

老人与树　　　　　　　　　　　　　简　梅　**185**

魂断故乡　　　　　　　　　　　　　胡　玲　**188**

复苏的母性　　　　　　　　　　　　张爱国　**191**

跳羚达塔　　　　　　　　　　　　　毛毛虫　**194**

行走在岸上的鱼

蔡 楠

  红鲤逃离白洋淀，开始了在岸上的行走。她的背鳍、腹鳍、胸鳍和臀鳍便化为了四足。在炙热的阳光和频繁的风雨中，红鲤细嫩的身子逐渐粗糙，一身赤红演变成青苍，漂亮的鳞片开始脱落，美丽的尾巴也被撕裂成碎片。然而，红鲤仍倔强而执着地行走着，离水越来越远。

  其实红鲤何尝不眷恋那清纯澄明的白洋淀水呢？那里曾是她的家园呀！那荷、那莲、那苇、那菱，甚至那叫不上名来的蓊蓊郁郁、密密匝匝的水草，都让她充满了无尽的遐想。她和她的父母、兄弟姐妹在这一方碧水里遨游、嬉戏，实在是一种极大的快乐！更何况红鲤是同类中最招喜爱、最受羡慕、最出类拔萃的宠儿呢！她有着与众不同的赤红的锦鳞，有着一条细长而美丽的尾巴，有着一身潜游仰泳的本领。因此红鲤承受着同类太多的呵护和太多的爱怜。

  如果不是逃避老黑的魔掌，如果不是遇到白鲢，如果不是渔人们不停息地追捕，红鲤也许就平静地在白洋淀里生活了，直到衰老死亡，直到化为白洋淀的一朵小小的浪花。

  厄运开始于那个炎热的夏天。天气干燥，久无雨霖，白洋淀水位骤降，红鲤家族居住的明珠淀只剩下了半米深的水。红鲤家族不得不在一天夜里开始向深水里迁移。迁移途中，鲤鱼们遭到了一群黑鱼的袭击。那是一场

心惊肉跳的厮杀。黑涛翻腾,白浪迸溅,红波激荡。鲤鱼们伤亡惨重。最后的结局是红鲤被黑鱼族头领老黑猎获,鲤鱼们才得以通行。

其实老黑早就风闻着、垂涎着红鲤的美丽,因此老黑有预谋地安排了这次伏击战。老黑将红鲤俘获到他的洞穴,以一个胜利者的姿态享受着红鲤,折磨着红鲤,糟蹋着红鲤。红鲤身上满布啮痕和伤口,晶莹剔透的眼睛没几天就暗淡了下去。红鲤忍受着、煎熬着,也暗暗地寻找着逃跑的机会。

中午是老黑最为倦怠的时刻。为逃避渔人们的捕杀,老黑不敢出洞,常常是吃完夜间觅来的食物后便沉入梦乡。就是中午,红鲤悄悄地挣开老黑粗硬尾巴和长须的缠绕,轻甩尾鳍,打一个挺儿便钻出了黑鱼洞,浮上了水面。红鲤望见了水一样的天空,望见了鱼一样的鸟儿,望见了树叶一样漂浮的渔船。老黑率领一群黑鱼一路啸叫追逐而来。红鲤急中生智,躲到了一条渔船的尾部。她看到渔船上那个头戴斗笠的年轻渔人甩出了一面大大的旋网,旋网在空中生动地画一个圆,便准准地罩住了黑鱼群。

红鲤扁扁嘴,一个猛子扎入深水,向远处游去。接下来的日子,红鲤开始了对红鲤家族的寻找。寻找,一度成为红鲤生命的主题。在寻找中,红鲤的伤口发了炎,加之不易觅食,又饿又痛,终于昏倒在寻找的水道上。

这时,白鲢出现在红鲤的生死线上。白鲢将红鲤托进了荷花淀。白鲢用嘴吮吸清洗红鲤的伤口,一口一口地喂她食物。红鲤便复苏在白鲢的绵绵柔情里。

荷花淀里便多了一对亲密的俪影,红鲤红,白鲢白,藕花映日,荷叶如盖。红鲤和白鲢在无数个白天和夜晚听渔歌互答,看鸥鸟翩然飞舞,享鱼水之欢。

白鲢就对红鲤说:"天空的鸟自由,也比不过我们呢,它们飞上天空,不知被多少猎枪瞄着呢!"

红鲤就提醒说:"我们也不自由呀,荷花淀外的渔船一只挨一只,人们各式各样的渔具,都在威胁着我们,说不定哪一天我们就会成为网中之鱼呢!"

果然,不幸被红鲤言中。一个午后,白鲢和红鲤出外觅食,兴之所至,便远离了荷花淀。他们穿过了一道又一道苇箔，绕过一条又一条粘网，闪过一支又一支鱼叉，快活地畅游、嬉戏、交欢。他们来到了一个细长而幽邃的港汊间，这时一条哒哒作响的渔船开过来，白鲢看见一柄长长的钓竿伸下，一个圆乎乎的铁圈拖着长长的电线冲他们伸来。白鲢用尾巴一扫红鲤，喊了声"快跑"，便觉一股电流划过，一阵晕眩，就失去了知觉。

红鲤目睹了白鲢被电船电翻打捞上去的经过。红鲤扎入青泥中紧贴苇根再不愿动弹。她陷入了绝望和恐惧之中。一个越来越清晰的念头强烈地震撼着她：离开这里，离开水，离开离开离开——

天黑了，一声炸雷响起，暴风雨来了。红鲤缓慢地浮上水面。暴雨如注，水面一片苍茫。红鲤一个又一个地打着挺儿，一个又一个地翻着跟头。突然又一阵更大的雷声，又一道更亮的闪电，红鲤抖尾振鳍昂首收腹，一头冲进了暴风雨，然后逆流而上，鸟一样跨过白洋淀，竟然飞落到了岸上。

那场暴风雨过后，红鲤便开始了岸上的行走。

此时红鲤的腹内已经有了白鲢的种子，可悲的是白鲢还不知道，他永远也不会知道。就为了白鲢，她也要在岸上走下去。

红鲤不相信"鱼儿离不开水"这句话。她要创造一个鱼儿离开水也能活的神话，她要寻找一块能够自由栖息自由生活的陆地。

那个夏天过后，陆地上出现一群行走着的鱼。

水家乡

蔡　楠

鸬鹚

　　我曾是一只野生的鸬鹚。我每年都从遥远的北方飞到遥远的南方去。白洋淀是我们候鸟的中转站。

　　可那年我被渔民陈瞎子的渔网逮住了。我就留在了白洋淀。陈瞎子当初是不瞎的,只是后来被我啄瞎了。那天,我飞过浩渺的水面,飞过远接百里的芦苇荡,来到了荷花淀。我看见了满淀的荷花艳丽无比,我看见了成群的鱼儿跳出水面闻香戏荷,我还看见了一群姑娘划着小船唱着渔歌采摘莲蓬。我落在一片硕大的荷叶上,将我鹰般的身体缩成了一只鸭的模样,我锐利的嘴被眼前的美景磨圆了。我忘记了自己是一个捕鱼高手。我想就是现在饿死,我也不愿破坏眼前的宁静啊。我呆了,我醉了。

　　不知过了多久,我的眼前刷地落下一道白光。荷叶倾倒,荷花飘零。我就被一张渔网罩住了。渔网慢慢收拢,提起后,透过缝隙,我看到了苇帽下一张黝黑年轻的脸,在船上,在阳光里得意地笑着,笑得眼睛都没了缝隙。我一下子就被激怒了。我缩成鸭一样的身体恢复了鹰的模样,铁青的羽毛闪着冷光,我磨圆的嘴重归锐利。等到那人撒网抓住我的双腿时,我奋力一

扑，就啄住了他的左眼。我狠命地在缝隙中嵌入我钩状的嘴，一股鲜红顺着我的嘴汩汩而出……从此，陈大船就成了陈瞎子。

我还是成了陈瞎子的俘虏。我时刻准备迎接陈瞎子对我的报复。然而，陈瞎子眼伤痊愈以后，却给我带来了一只漂亮的母鸬鹚：它羽毛洁白，双目含春，翅膀缓缓扇动，犹如一团芦花飘落在船上。我感受到了它强烈的召唤和无声的撞击。我在船头呐喊着，跳跃着，挣脱了捆我的绳索，一头扎进了汪洋恣肆的大淀。不一会儿，我叼上来一条欢蹦乱跳的红鲤。我把红鲤送到了白鸬的面前，我轻啄着它光滑柔顺的羽毛，急不可耐地说："白鸬，我不走了。"

我就这样留了下来。陈瞎子成了我的主人。我开始接受他对我的驯化。不久，我和白鸬开始在白洋淀生儿育女了。白洋淀成了我的家乡。

鱼鹰

几年以后，陈瞎子成了白洋淀有名的鹰王。我们一家十口都成了他的鱼鹰。做鱼鹰是一件辛苦的事情。我们经常是清早就随陈瞎子进淀，傍晚才上岸。清早和傍晚鱼多，捕上来很快能让鱼贩子在早市和晚市上卖掉。陈瞎子真是一个精明的渔人。他总是卖给人们新鲜的鱼。陈瞎子的精明还体现在对我们的使用上。他在我们的脖颈上套一个草环，然后"嘎嗨嗨，嘎嗨嗨"地唱着，用竹竿拍打着淀水赶我们下船。我们抓到大鱼，只能吞一半，留一半，叼上船，他就让我们全部吐出来，只让我们吃他准备好的小鱼、黄鳝和猪肠。

可我们还是乐此不疲。我和我的白鸬率领儿女们不停地游动在风景秀丽的白洋淀里。草青青淀水明，小船满载鸬鹚行。鸬鹚敛翼欲下水，只待渔翁口令声……我们在捕鱼生涯里练就了高超的本领。我们每只鸬鹚单独作战，每天能从淀里逮住二三斤重的鱼。碰到大鱼，我们就协同作战。记得那一次围攻荷花淀里的鱼王花头，我、白鸬和儿女们有的啄眼，有的叼尾，有的

衔鳍，一起把花头弄上了船。

陈瞎子逢人便讲："我这鹰王逮住了鱼王，奶奶的，六十多斤呢！"

听到这话，看着陈瞎子独眼里抑制不住的光芒，我也用我的黑翅膀覆住白鸬的白翅膀，在儿女们的欢呼声里柔情地啄着它的脖颈。做鱼鹰真是一件幸福的事情。卖了那条大鱼以后，陈瞎子的好运来了。他换了大船，娶了媳妇，转年就有了一个双目健全的儿子。

老等

陈瞎子的好日月终于在白洋淀几度干涸后结束了，就像他的老婆在生完第四个孩子后突然病死一样。水干了，鱼净了，鱼鹰便没有了用场。我、白鸬和孩子们也难逃厄运。我的儿女们先后被陈瞎子卖到了南方，只剩下我、白鸬，一起陪着陈瞎子慢慢老去。

终于，在芦苇干枯、荷花凋败的时节，和我一起生活了二十多年的白鸬在吃了一只有毒的田鼠之后离开了我和陈瞎子。陈瞎子夹着铁锹，抱着白鸬，肩扛着我来到了村边的小岛上。他挖了个坑，把白鸬埋了。陈瞎子盖好最后一锹土的时候，我发现他的独眼里滚下了几大滴混浊的老泪。就在埋白鸬不远的地方，有一座孤坟，那是他老婆长眠的地方。

陈瞎子流完泪，把我抱住，一边梳理着我脏乱的羽毛，一边絮絮叨叨地说："老伙计，你走吧，天快冷了，你飞到南方去吧。淀里建了个旅游岛，再不去，你就会被我卖到那里供游人观赏了。那里没有自然鱼，他们养了鱼，要你抓鱼表演给游人看呢！"

陈瞎子把我往蓝天上送去。我抖动着衰老的翅膀，嘎嘎地叫了两声，艰难而又奋力地开始了许久不曾有过的飞翔。

我终于没能飞出白洋淀。尽管我曾是一只野生的鸬鹚，可我一点也找不到从前的野性。我已经融入了这方水土。白洋淀就是我的家乡。我在这个小岛上筑巢而居。我在干旱的淀边，凝望着天空，凝望着远方。我伸长了脖子久久地等待。我愿意做白洋淀最后的一只鱼鹰，最后一个守候者。一直等到水的到来，一直等到鱼的到来。

后来，我就成了白洋淀一只长脖子老等。

无鸟之城

蔡 楠

我们这座城市,已经很久没有看到鸟儿了。工厂林立的烟囱,浓烟笼罩下鳞次栉比的楼房,以及街道上密密麻麻的车辆和人群,足以让鸟儿们望而生畏了。没有足够大的空间和足够好的空气,鸟儿凭什么来栖息和飞翔呢?

然而,文学青年蓝海洋却天天期望鸟儿的出现。蓝海洋在一个很清闲的部门,有着一份很清闲的工作,有着大段大段的清闲时间供他自由读书自由遐想。读书累了,他就双手托腮在窗前对着天空凝眸远眺,阳光、云朵,还有灰不溜秋的天空,却没有鸟儿飞翔的踪影。蓝海洋就想:这个社会人太多了才不会被重视,鸟儿又太少了才让人如此企盼,什么时候自己能变成一只鸟儿,飞出这笼子一样的楼房呢?

这种念头越积越大,便膨胀成了渴望的气球。渴望的气球长出了蓝海洋的胸膛,蓝海洋就觉得他有试着飞翔的必要了:"也许飞翔不仅是鸟儿的天性,人也会飞吧? 只是因为他们习惯了行走才忘记了飞翔的本能? 如果通过我的试飞而挖掘出人的飞翔本能,从而成为一只自由的鸟儿,岂不是对这个世界至少是对这座城市的贡献?"

这样想了几天,蓝海洋就觉得应该付诸行动了。那天早晨,他换上了一身宽大的衣服,从单身宿舍里出来,爬上了单位的楼顶,他在楼顶上跑了几圈,停住,伸臂,踢腿,扩胸,又弹跳了几下,对着天空用尽全身气力呐喊了一声:"我要飞翔——"声音从天空飘下,砸落在大院内已经来上班的人们身上,整个单位的人都抬起了头。蓝海洋的目光扫过天空,扫过这座城市的楼宇,然后与人们眺望的目光相撞了。他发现了大家的目光是惊喜的、渴盼的、赞许的,甚至是鼓励的。

蓝海洋毫不犹豫地退到楼顶中央,一阵激烈的助跑后,张开双臂来了一个激越的弹跳,他就真的飞翔起来了。

他的飞翔是轻盈的、缓慢的,宽大的衣裤在风中飘曳着、飞舞着。开始是向上的,继而是平行的,接着就开始了下坠。蓝海洋屏住呼吸,揪住头发,努力向上提着身子,却怎么也控制不了下坠。他看到了大院的人们四散奔跑,有几个人还扯起了苫盖货物的篷布。他正向那篷布平躺着落下。随着嘭的一声,他就什么也不知道了。

蓝海洋第一次飞翔没有成功。他成了个驼背。出院那天,医生将包着驼背的纱布撤去之后,竟然发现他的驼背上长出了两个对称的肉芽。医生奇怪地用手术钳去夹那肉芽,没想到钳子一触,那肉芽竟然活动起来,生长起来,眼见着就长成了一对巨大的翅膀。医生惊叫一声扔了手术钳,遇到鬼怪一样跑出了病房。

蓝海洋却兴奋得啊啊大叫起来,他用力抖抖双翅,走出屋子,穿过医院长长的走廊,穿过人们愕然的目光,来到了喧闹的大街上。蓝海洋做了一个深呼吸,展开双翅,又是一阵助跑,这回真的飞翔起来了。他飞呀飞呀,飞过楼房,飞过我们这座城市,穿过烟霭,穿过云朵,看到了云朵上面的丽日和蓝天,也看到了一架直升机正从头顶掠过……蓝海洋想:"鸟儿呢? 鸟儿在哪里? 我是因为城市没有鸟儿才变成鸟儿的,我以后应该和鸟儿们在一起生活才对呀!"这样想着,蓝海洋就从天空中降落下来,飞翔着盘旋着来到了城外的一片树林里。

那是一片很大很密的树林,在一条河流的北岸。开满槐花的槐树林里聚集着各种各样的鸟儿,蓝海洋来的时候,鸟儿们正开会商量迁移的事。因为一个外商看中了这块地方,要毁掉槐林建一个娱乐场。鸟儿们不得不另觅栖息之地了。蓝海洋的到来,加速了鸟儿们迁移的进程。鸟儿们惧怕这个同类中的"异类",头鸟一声长鸣,槐林卷起了一阵旋风,黑压压的鸟群霎时潮退一样飞走了。缤纷的槐花落在地上铺得足有一尺厚。

蓝海洋想向鸟儿大喊:"别跑别跑你们别跑我也是一只鸟儿呀!"可他已经说不出话了,嗓子里只会发出沙哑而难听的"呜呜呀呀"之声了。蓝海洋只得在一棵百年古槐上瘫软了自己,双翅无力地垂落在树杈之间。

"砰——"一声枪响。蓝海洋的翅膀被击中了。他"呜呀"一声,绝望地落在了满地的槐花上。

两个猎手跑了过来。猎手本来是捕猎那一大群鸟儿的,没想到蓝海洋来了,鸟儿们意外地得救了。鸟群飞走了,蓝海洋竟成了猎手的猎物。

两个猎手把蓝海洋又带回了我们这座城市,把他卖给了刚刚建起的公园。饲养员把他关在了一个特别的铁笼里。

从此,我们这座无鸟之城有了一只鸟儿,而且还是只鸟人。

秋 茫

刘建超

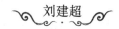

我和蔡楠是朋友,蔡楠写小小说。

蔡楠送我的集子就放在案头,书名是《行走在岸上的鱼》。

我的孩子喜欢读小小说,他说他班里的同学都读,可以提高作文成绩呢。班里的同学知道他爸爸是写小小说的作家,都羡慕晕了。

孩子看了蔡楠的小小说,问我:"爸爸,蔡叔叔为什么让白洋淀的鱼都到岸上行走,鱼儿离开了水还能生存吗?"

我告诉他:"这是小说的一种表现手法,是寓言体的小小说。由于人们破坏了鱼儿生存的环境,逼得鱼儿不得不到岸上行走。这篇小说告诉人类要保护好环境,珍惜我们的家园,人类和各类动物植物要和睦相处,这样,我们这个世界才能更加美好。"

孩子对鱼的话题有了兴趣,说:"爸爸,周末我们去钓鱼吧。"

"好啊,可是没有地方钓。"

"鱼塘啊。对门二子他爸成天去鱼塘钓鱼,那儿的鱼又多又大。"

"鱼塘里那儿也叫钓鱼啊。人家养好的鱼,故意饿几天,钓鱼的人只要下钩,鱼就疯咬,有啥意思嘛。"

孩子不解:"爸爸,不去鱼塘钓去哪儿钓啊?"

我真的觉得城市里长大的孩子挺可怜的。我就给他讲自己小时候捉鱼

的趣事。

我的老家依山傍湖，老屋的后面就是一条小河，河水蜿蜒而去，与远方的湖相通。大人担心孩子们出事，叮嘱不要去湖里玩。其实那条小河就足够我们玩的了。河里的鱼，没湖里的大，多是一尺左右的草鱼，还有河虾、螃蟹。夏天跳到河里洗澡，会有鱼儿啄你的腿和脚丫子。生活最困难的岁月，东北的大姨大舅把表哥表姐都送到了我们乡下。吃饭前，我们用窗纱编制的网，沿着河边兜上一遍，就会捞起一大碗河虾。大人用块猪皮擦擦锅底，把河虾往锅里一倒，鲜香的气味馋得人直流口水。河虾就着玉米面饼子，把我们都养胖了。

那时钓鱼根本就不用钓竿钓钩。折下岸边的柳条，把蚂蚱穿在枝头，放入水中，枝条一动，猛地一甩，就把馋嘴的鱼儿给拽出来了。有一年，六月天，连下了几天暴雨，河水涨了，屋檐流下的雨水也形成一道道的溪流蜿蜒着淌到了河里。第二天清晨，我们来到后院，看到屋檐下躺着一片白花花的草鱼。原来，产卵的鱼儿沿着小溪逆流而上蹦到了屋檐下。

孩子被我讲的故事吸引了，放暑假，死缠硬磨要我带他回老家。一天一夜的火车，两个小时的汽车，风尘仆仆赶到了老家。孩子顾不上歇息，拉着我就去老屋后边。清凌凌的小河不见了，只剩下一条黑乎乎散发着异味的水沟。

怎么会呢，河去哪里了？

母亲说："哪里还有河啊。村子四周建了几个厂，这河就成污水沟了。"

孩子问："奶奶，那还有鱼吗？"

母亲说："哪里还能有鱼——作孽啊。"

孩子失望地噘着嘴。

我说："你知道蔡叔叔为什么让鱼都到岸上行走了吧？"

孩子不甘心，还是跳到水沟里寻觅着。孩子说："爸爸，你讲的故事都是编的，骗人的。"

我无言以对。

孩子忽然大叫起来："爸爸，鱼！快，有鱼！"

我急忙过去。草根处，两条指头粗细的小鱼半死不活地漂浮着。

我找来罐头瓶，赶紧把它们盛进去。

为了迎接两条鱼的到来，我专门去鱼市买了鱼缸。

孩子放学回家的第一件事就是围在鱼缸边看。给鱼换水，孩子坚持去鱼塘里提水，说是家里自来水都是经过消毒的，不适合鱼的生长。有一次，我也懒了，就用自来水给鱼换上了。孩子不高兴，说鱼出了问题让我赔。

养了一段时间，鱼缸底部积了一层污渍，不太好清洗。孩子也不懂，拿着洁厕剂就往鱼缸里喷，等我发现时，鱼缸已经清洗干净了。我想，这鱼还不得给扒层皮。怕孩子伤心，我没敢吱声。谁知那鱼照样活蹦乱跳，跟喝了兴奋剂一般。

中秋节，我做了桌好菜，一家三口举杯邀月，大快朵颐。半夜，全家人上吐下泻，被120拉进了医院，检查结果，食物中毒，都是蔬菜上的残留农药惹的祸。两天的假期，一家人是在医院里度过的。

出院时，妻子忽然想起来了，说："不好。择菜时，觉得菜叶扔了可惜，就撕巴撕巴放鱼缸喂鱼了。这人都闹翻了，鱼还能活着？"

孩子大哭。

进了家，三人一起跑到鱼缸前，菜叶已被鱼吃得精光，两条鱼正悠然自得地追逐嬉闹。

孩子瞪大眼睛说："爸爸，你告诉蔡叔叔，其实鱼的适应能力挺强，它们不用到岸上行走。"

我立即拨通了蔡楠的电话。

孤　傲

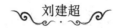

刘建超

　　刀劈斧剁般的峭壁下，有一块椭圆形的巨大山石，好像是开山辟地的仙人一时疏忽忘了修整。它就孤傲地蹲坐在山石上。

　　这里是游客所能到达的最后领域，往前就是深不见底云雾缭绕的万丈深壑。游人发出一番惊愕感叹，都要原路折返。蓦然间，看到了山石上的它，新奇地喊着："这里还有一只猴子，一只孤猴。"

　　周围的喧闹仿佛与它无关，它依然孤傲地蹲坐在山石上，望着山下。从它蹲坐的位置上，可以俯瞰游区的全貌。出入口处是最繁闹的地段，游人会被突如其来的猴群惊扰，手中的各类食物被群猴瓜分争抢，欢快的笑声惊叫声在山谷间回荡。

　　它曾经是那群泼猴的首领。那时它还是青年，还是个很健壮的公猴。猴王是个极其霸道的老猴，猴王爱在猴群里耍威风，把其他猴子撵得到处逃离，居无定所。不少猴子偷偷地离去，猴子的数量越来越少。那次，猴群在逃离的途中，突然遭到鹰鹫的袭击。凶猛硕大的鹰鹫俯冲下来，老猴王最先跳到树梢上，躲藏在茂密的树叶中。群猴惊惶尖叫着四处逃散，一只幼猴吓呆了，伏在岩石上不会动弹。鹰鹫的两只利爪嵌入幼猴的体内，幼猴凄惨的叫声尖利嘶哑。就在鹰鹫肆无忌惮地准备起飞之际，它突然疯了一般从树上跃下，准确地砸在鹰鹫的背上，它张开双臂猛然打向鹰鹫的双眼。鹰鹫猝不及防,放开爪下的幼猴仓皇逃离。众猴从惊骇中回味过来,把它围在中间。老猴王从树上蹿下,朝众猴呼唤。众猴原地未动,只有"一撮毛"巴结着跑到猴王身边。

它知道,自己该出现了,它必须出来挽救这衰败的部落。它把尾巴高高地翘起,如一根刺天的旗杆——这是一种挑战的信号,只有猴王才有翘起尾巴的特权。老猴王气得浑身发抖,嗷嗷低声叫着。它毫不胆怯,翘着粗壮的毛茸茸的尾巴。几乎是同一时刻,它和老猴王原地腾空朝对方扑去。只一个回合,老猴王就被打出一丈之远,满面鲜血。老猴王惨叫着逃去。众猴雀跃着拥向它们年轻的新猴王,它蹲在岩石上接受群猴的拥戴,一副君临天下的派头。它治理有方,精力旺盛,三五年的时间,它的部落就发展壮大到一百多只猴子。家族大了,贫瘠的地盘已不足以维持它们想要的优渥生活。它要带领众猴去占领景区最肥厚的地盘——景区出入口领地。那里是尊贵和强大的象征,只有最威猛最有威仪的猴王才有资格带领家族占据。每年都会发生多次为争夺地盘引发的猴群搏斗。似乎并没有想象中的那么惨烈,它只是威风地长啸一声,便率领众猴杀将过去,没有几个回合,就降伏了对手。它的家族享受着每天游人最先赏赐的各类食物,听着游人欢快的赞美声。它的家族成员很快就个个膘肥体壮,毛色光亮,一派歌舞升平的气象。

它孤傲地蹲坐在山石上。有几个游人开始逗它,扔给它爆米花、花生果。它根本不予理睬,依然目不转睛地望着山下。

忽然,一个游人惊奇地喊道:"快看,这猴眼里有忧伤!"

众人果然发现这只孤猴的眼里流露着和人一样的愤懑和忧郁。

有人说:"这也是一只猴王吧?听说被打败的猴王都会孤独地度过余生。"

众猴的背叛让它刻骨铭心。温饱则思淫,它觉察出家族中有几只母猴似乎有些不安分。尤其是那只妖艳的黄母猴,总是与一只成年公猴眉来眼去,终于引发了一场恶战。它觉得自己的气力已经不如从前,而它的斗志依然如从前一样昂扬。从岩石上开战，追逐到莽莽草丛。它和来犯的公猴都已遍体鳞伤，气喘吁吁。该是最后决战的时刻了。它环顾四周，渴望得到众猴的鼓励和呐喊助威，可是，众猴似乎并不关心这场生死攸关的决斗，它们觉得有吃有喝的日子挺好的，挺滋润的，谁当猴王与它们没有什么相干。它们三只一伙、五只一群，散落在四周。只有它的原配夫人，怀中抱着幼仔担心地望着它。而那只黄母猴手舞足蹈地在给挑战者鼓劲。一股无以言表的悲哀塞满它受伤的胸怀，它无法理解自己多年的拼杀换来的竟然是群体的麻木漠然。当挑战者再次嚎啸着扑来时，它完全可以凭借自己的经验，四两拨千斤致对方以惨境。但是它没动，任凭对手把它翻滚着打出好远，它没有感到伤口的疼痛，只觉得心在颤悸。它走了，回头望了一眼，黄母猴和"一撮毛"殷勤地招呼群猴围在它的对手身边。

它孤傲地蹲坐在山石上。

日落了，起风了。它缓缓地从山石上走下，消失在茫茫的草丛中，被风吹垂的草丛中可以看到它高高翘起时隐时现的秃毛少皮的尾巴。

骆驼追

申 平

　　吴敏的生命和骆驼发生联系,是因为她曾在草原下乡五年。第一次见到骆驼时那惊心动魄的一幕,在她的记忆里留下了深深的划痕。

　　初春时节,沉默了一冬的草原开始悄悄酝酿新一轮的生命。刚来草原的知青们虽然还没有看到草原的绿色,却已经从空气里嗅到了一种说不清道不明的气息,那气息令人不安,令人浑身发热。其实那是生命躁动的气息。

　　女知青们一住进蒙古包,就迫不及待地脱去身上厚重的棉大衣,开始梳洗打扮,爱美的吴敏甚至穿上了一件当时不多见的红棉袄。吴敏第一个走出蒙古包,在已经变得有些松软的土地上奔跑,放开喉咙大喊:"草原,我来了!"

　　危险就是在这个时候发生的。吴敏正在陶醉,突然听见一声十分怪异的叫声,一抬头,她看见远处正有一个巨大的灰褐色的家伙边叫边向她疯狂奔来。起初,她根本就不认识这是个什么东西,更不懂得那家伙为何像坦克一样朝自己冲,及至她听见有人大喊:"快跑,骆驼跑春了! 危险啊!"她这才掉头往蒙古包那儿跑,边跑还边回头看。她看见那只骆驼高昂着脑袋,口中喷吐着白沫,迈动着巨大的驼蹄飞速跑来,她分明已经听见了它那沉重的喘息声。吴敏慌了,一慌竟然忘了该往哪里跑。

眼看那匹疯了一样的骆驼就要追上她，一场悲剧马上就要发生了！

这时吴敏又听见有人大喊："快，快把你的红棉袄脱下来扔掉！"

吴敏情急之下一下扯掉了所有的纽扣，脱下红棉袄就扔了出去。她听见那怪物又是一声吼叫，居然停止追击，一下扑到了她的红棉袄上……

事后当地人告诉吴敏：公驼发情时找不到母驼，看见色彩鲜艳的东西就拼命追。如果她不脱衣服，就会被骆驼压死。从此，吴敏就得了"恐驼症"，老远一看见骆驼就打哆嗦。

但吴敏没想到，让她深深恐惧和厌恶的骆驼，后来居然救了她一命。

那是一个晚上，吴敏发现她负责放牧的羊群少了几只羊，便骑马去找，回来的路上偏偏竟遇到了狼。那几只狼看见她只有一人一骑，又没有带枪，就放心大胆地从四面包抄过来。暮色苍茫，吴敏举目四望，草原上不见半个人影，只有一群骆驼在附近吃草。情急之下，吴敏只好打马拼命往骆驼跟前跑。她没想到骆驼是那么懂事，见狼追她，它们"昂昂昂"一阵大叫，竟然自动将她围在当中，然后一起掉头对付疯狂的狼群。它们用蹄子和头颅把几只狼打得落荒而逃，又把吓坏了的吴敏护送回家。

从此，吴敏彻底改变了对骆驼的看法，她这才知道除了公驼在发情时有点蛮不讲理外，平日里的骆驼简直就是草原上最温顺、最善解人意的动物，它们和马一样是牧人们最好的帮手。吴敏开始主动亲近骆驼，很快，她有了一大批骆驼朋友。她招工回城那天，居然抱着一只骆驼的脖子哭了个昏天黑地，令人称奇的是那骆驼竟也是热泪滚滚。

几十年后的一天，吴敏去游长城。在长城脚下，她看见有只骆驼在那里专门供人照相。那骆驼瘦弱不堪，想趴下休息一会儿却遭到主人的鞭笞。

吴敏什么也没想就冲过去，对那人喊："你不能这样对待骆驼！"

骆驼主人转身看了她一眼，冷笑着说："大姐，这是我的骆驼，你管得着吗？"

吴敏喘了一口气说："你的骆驼，我买了！"

那人说："好哇，一万块钱，你拿来啊！"

吴敏说:"好,你等着!"

吴敏竟然真的去了附近的银行,从卡上取出一万块钱交给那人,牵起骆驼就走。

吴敏好不容易才把骆驼牵到了动物园。人家却不要,说:"我们现有的骆驼还养不过来呢。"

怎么说也不行。吴敏一气之下,决定雇一辆车把骆驼送回草原去,也顺便看看久违的草原。

汽车颠簸了两三天,终于到了草原,眼前的景象却使吴敏目瞪口呆。当年碧绿的草原早已面目全非,除了一些草库伦外,很多地方已经严重沙化,绿色难觅。最让吴敏伤心的是居然没人肯收留骆驼。大家都说:"骆驼吃草太多,而且它喜欢吃的许多植物都绝迹了,现在草原上已经没人养骆驼了。"吴敏四下张望,果然不见一只骆驼的身影。

吴敏磨破了嘴皮,最后才有一户牧民勉强答应收留骆驼。吴敏摸着骆驼的脑袋,絮絮叨叨地和它告别,然后让司机驱车上路。没想到汽车刚刚驶出不远,就听见一声大叫,那只骆驼竟然奋力挣断缰绳,飞也似的朝汽车追来。汽车后面腾起一溜黄尘,骆驼的身后也腾起一道黄烟,两条黄龙在疮痍满目的草原上赛跑。

吴敏从后视镜里看着穷追不舍的骆驼,当年骆驼追她的场景也再次浮现在眼前,吴敏的泪水不由像断了线的珠子一样流淌下来。她横心咬牙,没有让司机停车,反而让他加快了速度。她轻轻地说:"骆驼啊骆驼,你不要追了,你一定要在草原上活下去,活下去啊!"

水　怪

申　平

旱,大旱,连年的大旱!

小河干了,大河干了,最后轮到了莫里湖,莫里湖的水也要干了。

人们的好奇心非常强烈。尽管人畜饮水都成了问题,但是大家还是不断往莫里湖跑,人们在等待一个多年的秘密、一个惊天的秘密的揭开。

这个秘密就是关于水怪的传说。莫里湖这一带的百姓,人人口中都有一个有关水怪的版本。有说是一条黑龙的,有说是两条恐龙的,有说是一条鱼精的,还有说是外星人的。百姓们言之凿凿地说:每到夜深人静或者阴天下雨,他们就会听见湖里发出惊天动地的吼叫声。那吼声非驴非马,非虎非熊……根本说不清那是一种什么叫声,令听者头皮发麻,肝胆欲裂。直到湖里有人淹死或者有大牲畜失踪,这叫声才会停歇一段时间。

这一回,终于可以知道水怪到底是个什么东西了。

天继续旱着,湖里的水每天都在减少。许多人不但不心疼,反而盼望水早日干涸。

随着湖水的减少,人们突然发现有大量的鱼虾蚌蟹暴露出来。如此美味,不抢怎行!于是大家似乎一下子忘了水怪的事情,人人趋之若鹜,个个奋勇争先,开始起早贪黑去水浅的地方"狩猎"。

水在继续减少,捕获的水族越来越多,越来越大。消息不断传开,成千

上万的人开始向莫里湖聚拢，一心要来这里分上一杯羹。水利部门很快采取了限制行动。他们派出人员在周边警戒，不许百姓再去捕捞。一是害怕发生危险，二是想保护仅存的鱼虾。

结果已经暴露出来的鱼虾很快臭了，鱼虾的臭味随热风飘出很远。

老百姓就骂："这些人宁可让鱼虾臭了，也不让我们吃。他们的良心叫狗吃了。"

于是，警戒人员遭到了人群的围攻，有几个竟然被打得头破血流。

水利部门马上报警。警察来了，仍然无法制止抢鱼的浪潮。一些大胆的村民夜里组织起来，偷偷摸摸地到湖里打鱼，收获颇丰。据说，有人捕到了上百斤的大鱼，一条鱼就卖了几万块。结果人们更疯狂了。每到夜深人静，莫里湖边便人影幢幢，人们为了照明并给自己壮胆，居然跑到湖边的山上去砍伐树木，在湖边燃起熊熊大火，一堆连着一堆。莫里湖白天被日头晒着，夜晚被火堆烤着，不消半个月就完全干了，而且周围的山也被殃及，树木全被砍光了。

昔日美丽的湖泊变成了一片乱石纵横的沙滩。有风吹过，卷起阵阵沙雾。山峦更是一片荒凉死寂，甚至连一声鸟叫也听不到。

直到这时，人们才突然想起水怪来。对啊，既然湖水都干了，那么水怪呢？怎么没有见到水怪呢！

于是人们就开始互相追问："你见过水怪吗？你抓到水怪了吗？"

你摇头，我摇头，他摇头，大家全都摇头。真的呢，光顾抓鱼了，怎么竟然把水怪给忘了呢。

不过，人是最会自圆其说的。很快就有几个新的版本在流传了。有说水怪带着水飞走的；有说水怪钻入地下的；有说水怪那夜大吼了三声，闪起一道火光，从山上奔腾而去的——"不信你看山上的树木，都被它奔跑时拖光了……"

莫里湖就这么永远地消失了，水怪也随之永远地消失了。至于水怪到底是个什么东西，好像谁都知道，又谁都不知道。

绝壁上的青羊

申 平

老葛发现绝壁上的那只青羊已经好几天了。它每天照例在绝壁上时隐时现，在凹凹凸凸的石缝荆棘中找草吃。

这天，青羊又出现了。它如履平地般在峭壁悬崖上穿行，一点也没觉出这天有什么不同。当它跃上一个平台，欣喜地吃着上面的嫩草时，忽然觉得有点不对劲——它嗅到了一股味道，对，是那种比老虎豺狼更令它恐怖的味道。它惊恐地抬头四望，却什么也没有发现。它犹豫徘徊，猛地感到一条后腿被什么给缠住了。它低头一看，知道大事不好。套子！它被猎人下的套子套住了。青羊拼命挣扎，但越是挣扎，套子就勒得越紧。青羊只好不动，静待那最危险时刻的到来。

不知过了多久，青羊听见绝壁上面有响动，接着，一个人拽着绳子下来了。这个人就是老葛。老葛一看套住了青羊，喜出望外。他喊了一声："太好了，我儿子有救了！"

青羊听见老葛的喊声，回应了一声绝望的哀叫。它使出平生力气猛地一挣，未果。随后就把身体弯成一张弓，把两只犄角变成两把利剑，杀气腾腾地对着老葛，准备给他以致命一击。老葛一看青羊这架势，有点害怕。他的脚不敢踏上平台，就那么悬在壁上想办法。说起来老葛并不算是个猎人，只是小时候跟他爹上过几次山罢了。后来他爹死了，也禁猎了，他除了偷偷摸摸地套过几只野兔解馋外，根本就没打过什么大猎物，更没有打过青羊。要知道，绝壁上的青羊可是神物，凡是能挂住雪花的地方它都能上去。可是为了给儿子治病，老葛不得不铤而走险了。

老葛打量着青羊，他活到四十多岁还是第一次看到活的青羊。这家伙除了毛是青黑色的，其他地方和常见的山羊也没多大区别。但是据说青羊浑身都是宝，它的骨肉治跌打损伤有特效。老葛记得小时候扭了腰，只喝了一盅滴入青羊血的酒，立马就好了。他的儿子瘫在床上好几年治不好，现在青羊给他带来了希望。可是怎样把青羊从绝壁上弄上去却是个问题，又不敢去喊人，该怎么办呢？

老葛开始跟青羊说话。他说："青羊啊，你不要怪我，我真的是被逼无奈啊！你知道吧，我家原来也是村上的富户哩，可是自从我儿子摔坏了腰，我的好日子就到头了。这年头咱农民真是生不起病啊，万把块钱三下两下就没了。我花了十几万，把家底都折腾光了也没给他治好。孩子说爸爸咱别治了，就这样吧。你说我这当爹的能忍心吗。这不，我就来找你了……"

老葛说到这里眼睛有点发潮，他奇怪，青羊好像是听懂了他的话，它那弓着的身子逐渐放松了，头也抬了起来。它瞪着一双灰黄色的眼睛开始打量老葛，似乎在说："你这个人啊！你儿子有病就来害我的性命，也太不仗义了吧。为了躲避猛兽和你们人类的杀戮，没办法我们才躲到这绝壁上来了，可你们还是不依不饶，非要把我们赶尽杀绝，你们好狠毒啊！"

老葛看着青羊的眼睛，很快就明白了它的意思，脸上不由一阵发烧。他又说："好，我的青羊啊，我知道你恨我，那你就恨吧，不行下辈子我变青羊救你。你乖乖的，我用绳子把你捆住拉上去，你还能多活一会儿；不然的话，我只能在这里把你杀死。唉，我可从来没有动过刀啊，你千万别逼我！"

老葛说着，一只脚已经踏上平台。现在它和青羊只有几步之遥，彼此能清楚地听见对方的呼吸甚至心跳声。老葛忽然看见青羊的眼睛里流出泪来，它随后又叉开后腿，哗哗地撒了一泡尿。青羊一撒尿，老葛看清楚了，这是一只怀了孕的母羊，后腿间的两只奶都已经鼓起来了。老葛的心"咯噔"

了一下。他想："怎么会这么巧呢，怎么偏偏就是一只母羊！如果我为儿子杀了它，那就等于害了两三条性命啊。哎呀呀，那样可是造了大孽哟！"

老葛软软地坐下来。他忽然想哭，但是"嘿嘿"了几声却哭不出眼泪来。他说："我怎么这么倒霉啊，冒着摔死和坐牢的危险捉到了一只青羊，却偏偏是个母的，老天爷这不是成心跟我过不去吗！"老葛猛地跳了起来，喊了一声："管不了那么多了！"从怀里掏出了一把刀子，龇牙咧嘴地一步步走向青羊，又喊了一声："你活该、活该！"刀子就闪着寒光刺了出去……

待老葛再次睁开眼睛，发现平台上早已不见了青羊，只剩下被挑断的套子躺在那里。老葛点了点头，对自己伸出了一个大拇指。他吐了口痰，抓住绳子开始往绝壁上爬。才爬了几步，就觉得浑身一点力气也没有。他把绳子在腰间缠了几道，就那么挂在绝壁上大口大口地喘气。

朦胧中，他似乎听见耳畔有青羊的叫声，随后青羊的叫声又幻化成村主任的声音，他在喊："老葛你个狗日的，你的胆子也忒大了，你还敢来绝壁上捉青羊，你这是犯罪、找死你懂不懂！你家的事你不要急嘛，现在开始搞合作医疗了，还有村里乡里也一定会帮你想办法的……"

老葛往上看，却没有看到人，也不知那声音是真是假。

老葛就继续挂在绝壁上。他穿着青色的衣服，远远看去，活脱脱是一只青羊。

两位驯鹰人

王　族

在塔尔夏特，人们说起加纳别克，必说他驯鹰的一件事。这件事是他的光荣，他在某种程度上其实也就活在这件事中。

加纳别克的这件事是这样的。一天，他在一座高山上发现了一个鹰巢，抓到了在巢中嗷嗷待哺的一只黑色幼鹰。他为自己的好运气高兴，兴高采烈地把幼鹰带回了家。因为那只鹰太小，他顺手把它塞进了鸡笼里。之后，这只幼鹰就在鸡笼里被养了起来，和鸡一起啄他扔进去的食，和鸡一起嬉闹，到了晚上又和鸡一起休息。

连加纳别克也未曾料到，事情在不知不觉间发生了变化，这只鹰因为一直和鸡生活在一起，所以养成了鸡的性格，像鸡一样上下扑腾，还学鸡叫。但它毕竟是一只鹰，一天天长大，羽翼明显地比鸡丰满，而且时时本能地显示出一些鹰的特征。

是鹰，就应该有鹰的样子。加纳别克决定把它和鸡分开，然后把它训练成猎鹰。但是，因为和鸡在一起生活了那么长时间，它的性格已经是鸡的性格，体能也似乎和鸡一样，根本不能像其他鹰一样飞了。加纳别克想了很多办法，都不能把它鹰的本能激活。无奈，他只好把它扔向空中，希望它在落下时因为怕摔而挣扎着飞起来。但它每次都"嗵"的一声摔在地上，根本不知道飞是怎么回事。加纳别克很生气，心想，作为一只鹰却不能飞，它也就

没什么活着的价值了。他想把它摔死，但还想最后一次赌一下它的运气。于是，他把鹰带到一座山的山顶上，把它扔了下去。那座山很高，那只鹰像一片树叶似的掉了下去。在快要坠地的一瞬间，奇迹出现了，它因为慌乱而拼命地挣扎，翅膀本能地伸开并扇动起来——它在一瞬间终于学会了飞翔！

它飞走了，回归了大自然。当然，加纳别克也因此丧失了一只猎鹰。但每当想起那只鹰时，他总是很高兴。

像加纳别克一样，赛里克西也活在一件驯鹰的事中，这事同样也是他的光荣。

一天，他发现了一只被母鹰折断翅膀的幼鹰。这是母鹰的一种残忍的训练方法。我曾在一篇文章中看到了对这种训练方法的介绍，现引录于此："当一只幼鹰出生后，没享受几天舒服的日子，就要经受母鹰近似残酷的训练。在母鹰的帮助下，幼鹰没多久就能独自飞翔，但这只是第一步，因为这种飞翔只比爬行好一点。幼鹰需要成百上千次的训练，否则，就不能获得母鹰口中的食物。第二步，母鹰把幼鹰带到高处，树梢或悬崖上，然后把它们摔下去，有的幼鹰因胆怯而被母鹰活活摔死。第三步，则充满着残酷和恐怖，那些被母鹰推下悬崖而能胜利飞翔的幼鹰将面临最后的，也是最关键、最艰难的考验，因为它们那正在成长的翅膀中大部分的骨骼会被母鹰折断，然后再次从高处推下。有很多幼鹰就是在这时成为悲壮的祭品，但母鹰依旧不会停止这'血淋淋'的训练。"

赛里克西对那只被母鹰折断翅膀的小鹰动了恻隐之心，偷偷地把它带回家，用好吃的东西喂养。鹰一天天恢复了，又可以正常地飞翔了。但这时赛里克西发现了一个问题：它飞不高，每次最多只能飞到房屋那么高便要落下来，而且还气喘吁吁，累个半死。经过仔细观察和分析，他发现它那长好了的翅膀不但不起什么作用，反而成了它飞翔的累赘。

赛里克西去找加纳别克请教这是为何。加纳别克见他一腔诚意找上门来，给他卷了一支莫合烟，看着他抽了几口，被呛出了眼泪，才给他讲出了缘由。原来，母鹰之所以"残忍"地折断幼鹰的翅膀，是要让它的翅膀再生，鹰翅膀中骨骼的再生能力十分强,被折断后不久就可以长出新的骨骼,而新的骨骼可以让鹰在未来飞得更高。所以,鹰在被母亲折断翅膀后,只要能够忍住剧痛挣扎飞翔,就可以使翅膀不断充血,很快就可以痊愈,痊愈后新生的翅膀就能长得更加强健有力,可以让它飞翔一辈子。如果母鹰不实施血淋淋的训练,鹰也就失去了一生中仅有的一次机会,一生只能飞房屋那么高,永远都不可能飞上蓝天。

赛里克西明白了,在心里有了帮那只鹰的办法。他向加纳别克告别,加纳别克笑着说:"这个事情就像人换牙一样嘛,你要是在五六岁时不换牙,到现在就还是个娃娃嘛!"

赛里克西因为从他这里知道了事情的缘由,听他这么说也不生气,笑呵呵地走了。

回到家,他一把将那只鹰抓过来,"咔嚓"一声把它的翅膀折断了。鹰惨叫一声,趴在地上瑟瑟发抖。他不管它,进屋喝了两杯伊犁特,倒在床上呼呼大睡。几天后,那只鹰的翅膀痊愈,一飞便飞上蓝天去了。

逃跑的鹰

王 族

那只鹰是在一次"玛纳斯"演唱会上逃跑的。当时的场面很热闹,很多驯鹰人都把鹰带到了会上,无形之中大家便互相比起了鹰。比来比去,有一个叫沙特米西买买提的人的鹰占了上风。他的鹰个儿大,肥硕,捕猎的速度和技巧均比别的鹰高超。

一时间,人们都将目光投射到了他和他的鹰身上。无数目光汇聚在一起,他便成了"玛纳斯"演唱会上的焦点,顿时被无数双羡慕的目光所笼罩。

他很高兴,用手拍拍鹰说:"好,今天晚上给你喂肉吃。"

但在下午,沙特米西买买提的鹰却不见了。有人看见他和别人喝酒时,他的鹰挣脱了脚襻,飞到一片松树林后就再也不见踪影了。

他当时正喝得高兴,端着酒杯说:"我的鹰是最好的,它怎么能跑掉呢?它在天空中散步呢,一会儿就回来了。"

沙特米西买买提又喝了几杯酒,吃了几块羊肉,见还没有鹰的影子,他便着急了,但他怕别人笑话他,便悄悄离席出去找鹰。鹰果然不见了。

看见他的鹰挣脱了脚襻飞走的那个人对他说:"你的鹰早都飞走了,我看它飞走时的架势感觉是逃跑了,对了,它往南飞了,这阵子恐怕已经飞出新疆进入甘肃了,不会回来了。"

人们听说沙特米西买买提的鹰逃跑了,都围过来看他。下午刚刚笼罩在他身上的光芒顿时变成了阴影,他既愤怒又难堪,骑上马便回家去了。他的鹰逃跑了,两手空空的他显得孤独无比,回到家躺在床上三天没起。人们都说,沙特米西买买提的鹰逃跑了,给他留了一肚子气,他恐怕得用一两个礼拜才能把一肚子气消完。

在那只鹰之前,阿合塔拉从未出现过猎鹰外出捕猎不回来或从人身边逃跑的事。鹰一逃跑,便给村里人心头留下了阴影。人们在内心琢磨,可能是人待鹰不好,或者说鹰原本就不想和人在一起,受人指使去捕猎,所以才抓住机会逃走了。鹰一逃走,人与鹰之间多年建立的那种感情便被破坏了,人隐隐约约对鹰有了一种难言的情绪。

一个多礼拜后,沙特米西买买提像人们说的那样,果然把一肚子气消完了。他又开始驯鹰,想驯出一只和原来那只一样好的鹰。但事与愿违,沙特米西买买提再也找不到像那只鹰一样好的幼鹰了。他很生气,又躺在了床上。于是人们又说,好的幼鹰不出现,沙特米西买买提的肚子里又装了需要一两个礼拜才能消完的气。一个礼拜过去了,两个礼拜过去了,好多个礼拜过去了,好的幼鹰仍没有出现,沙特米西买买提的气似乎一直都没有消完。他很失落,慢慢地便不怎么和人来往了,人们也渐渐淡忘了他。想想在"玛纳斯"演唱会上,他是多么荣耀啊,似乎所有的歌者,不论老的、少的、年轻的、美丽的,都在为他和他的鹰而唱。但他的鹰却逃跑了,他一下子失落到了极点,对什么都提不起精神了。后来,沙特米西买买提终于弄到了一只好的幼鹰。他很高兴,给它洗脸,洗身上的灰尘。多好的幼鹰啊,身子骨架结实,目光锐利,秉性刚烈,是个好苗子。他似乎在很长时间都没有消完的气一下子全消了,那种受辱的日子一去不复返了。

但就在这时,那只逃跑的鹰却突然回来了。一年多的时间已经过去了,沙特米西买买提在经历了痛苦的折磨后,已经在内心接受了它弃逃而去的事实,但它却突然又回来了,犹如一把隐藏许久的刀子把他又刺了一下。他仔细看回来的鹰,这一年多的时间,它一直在外面流浪,浑身瘦得没有一点儿肉,身上的毛长得又杂又长,有很多树叶夹杂其间。他很心疼它,也为它

在出走一年多以后还能够回来而高兴,他给它洗澡,喂它好吃的东西。他觉得它能够回来,以后会把这里当家。但它显然已经忘了自己曾经是一只猎鹰,不但把捕猎忘得一干二净,而且对沙特米西买买提家庭的环境也似乎很陌生。沙特米西买买提想,它在外的这一年多时间一定和野鹰生活在一起,性格和习惯都变野了,但它能回来,说明它还是喜欢这里的,保留在它内心深处的最美好的东西,应该是对这里的记忆。沙特米西买买提相信,时间长了,鹰一定会把性格和习惯都改过来的。

一天,天降大雪,是驯鹰的好天气,沙特米西买买提架着那只幼鹰往外走。那只回来的鹰看见了架在他胳膊上的幼鹰,突然痛心疾首地叫了一声,飞出院子,在茫茫雪野上空越飞越远,直至在天空中变成了一个小黑点,消失了。它又走了。好几年过去了,直到现在,它也没有回来。

羊吃羊的故事

王　族

　　下雨的日子,牛羊出去吃草,人留下来在帐篷里喝酒、聊天,讲一些以前在牧场发生的事情。

　　在一个雨夜,人们给我讲了一个羊吃羊的故事。故事是这样的,以前有一只羊,长得肥硕壮实,主人很是喜欢它,叫它"一百块"。在牧区,人们一眼就可以看出一只羊值多少钱。被称之为"一百块"的这只羊,羊角值五块,皮子值三十块,肉值六十五块。在那个年代,一百块钱是个大数字,所以那只羊就像村子里的能人一样很有地位。后来有一天,它突然在草地上打滚,四条腿不停地抖动。一群羊正在吃草,被它的举动吓得四散而去。当时所有的牧民都在别的地方,所以没有人看见它突然变成了这个样子。

　　过了一会儿,它从地上爬起,向河边跑去。羊纷纷给它让道,它跑到河边跳入水中,但四条腿还是不停地发抖。它又从河中冲出,跑到一只羊跟前狠狠地咬了一口,那只羊嘶鸣一声跑向别处去了。奇怪的是,它居然不再抖了。它摇摇头,感到浑身舒坦了,便又去吃草。但在第二天的同一时刻,前一天发生的状况又出现了,于是它又打滚、发抖、奔跑,后来它似乎记起了前一天的办法,就又冲到一只羊跟前,狠狠咬了一口,咬完之后果然又好了。

　　这样的情景在每天的那个时刻准时出现,那只羊养成了习惯,每次都选一只羊咬一口,才能止住痛苦的抖动。终于有一天,一个牧民看见了它的行

为，大惊失色，回去告诉了人们。人们开始议论这只羊。有人说这只羊中邪了，得除去它，否则会给牧场带来灾难；也有人说这只羊已经变成了狼，不然，它为什么要咬羊呢？幸亏被咬的那只羊跑得快，否则就被吃掉了。

不久，人们就将它的行为告诉了它的主人。那个牧民听了大吃一惊，羊吃羊的事情多少年来在牧场上从未发生过，现在大家议论纷纷，他感到责任重大，于是便决定仔细去看看，看它到底怎样去吃别的羊。他不相信一只羊能去吃另一只羊，就像一个人无论如何也不会去吃另一个人一样。第二天，他藏在一块石头后面，到了那只羊每天发作的时候，果然像人们说的那样，那只羊开始打滚、发抖，并很快狠狠地去咬另一只羊。他气极了，好一个残忍的家伙，果真与人们说的一模一样。他从腰带上抽出"皮夹克"（刀子），冲上去将它一刀刺死。它尽管值一百块，但它如果一天咬死一只羊，没几天他就赔惨了，所以，他毫不犹豫地把它杀死了。事后，他突然想看看那只羊到底是为何要去咬别的羊的，他掰开它的嘴一看，顿时惊呆了，羊的满口牙都有洞……他默默地把它的嘴合上，扛起它到后山埋了。他没有给任何人讲那只羊是因为虫蛀牙疼痛难忍，才去咬别的羊的。但因为他没有向人们说什么，后来的事情便发生了微妙的反应，牧民们由怀疑那只羊开始，继而又开始怀疑他，慢慢地把羊群和他的羊群隔开，到了最后便不与他来往了。他很生气，心想："我把一只一百块的羊都杀掉了，而你们却如此对待我。"但他还是不向人们解释什么，在一个黑夜赶着他的羊去了另一个地方，从此以后他变成了一个孤独的牧羊人。

几年后的一天，村子里有一个人突然牙疼，疼得实在受不了了便在地上打滚。那个牧民走到他跟前，伸出胳膊说："你咬我一下就好了。"那个人不明白他为何要那样，犹豫着没咬。他大声说："快咬，肯定能行！"那个人就咬了，果然不再疼了。

事后，那个人要谢他，他指着被咬肿的那个地方，说："没事，你能把我咬肿，我很高兴。"

说完，他高兴地笑了起来，人们都不明白他为何那么高兴。

现在想想,人们给我讲这个故事时,故事的谜底早已被揭开。我觉得这个故事很真实,自从听了这个故事后,我每天在牧场上走动时,碰见一只羊就心里一紧,感觉到它正在吃着鲜嫩的草的时候,蛀牙就会使它疼痛难忍。碰到一个牧民,我便又忍不住想,不知他在生活中忍受了多少不被外人所知的疼痛。

藏狼的智慧

凌仕江

我怎么也没想到,他都一把年纪了,居然会同一个年轻人打赌:藏獒绝对没有狼厉害。

可是我看到的报道都宣称藏獒比狼厉害得多。

"那纯属误会。"一位老猎人,在大漠落日下,一边燃起柴火煮酥油茶,一边自信地对我说。

大漠的一侧是多吉原始森林,森林之上是茫茫雪峰,雪峰的背面就是印度。如今,猎人已丢枪多年,成了多吉森林的护林员。

我说:"不对,绝对不可能啊。怎么电视上告诉人们的都是狼斗不过藏獒呢?"

"我可没看过电视,也不知道电视是个什么东西。"老猎人不屑的样子让我想起美国"反电视协会"成员的面孔。"我只见过比藏獒厉害的狼,沙漠和森林交界地方出没的狼。"他的手,指向柴烟飘过的那道交界线。"那是我同你差不多年轻的时候啦……"老猎人舒展胸膛,仰起头,将三口才能喝完的一碗酥油茶一口咽下,好像一下子恢复了当年骄傲的神气。

"你看过老狼带着小狼过冰河吗?"

我用书本上学来的知识胡乱地应付他:"当然看过,老狼一般都会把小狼叼在嘴里。"

"如果是一群小狼，老狼还会一只只地叼在嘴里过冰河吗？"

我没多想，只肯定地点了点头。

"你错了。你要知道在任何时候，狼的心情都比藏獒急切，而且它对待自己的子女比藏獒以及很多其他动物更具责任心，它更懂得野外生存的不易。如果有一群小狼，老狼绝不会一只只叼在嘴里带过冰河去，因为它怕在冰河里游的时候，留在岸边的子女会发生意外。那次我毫不费力地捡回了一只野驴。那是母狼伙同一只公狼活活咬死的野驴，母狼把野驴的胃吹足了气，再用细密的牙齿牢牢缝住创口，让它胀鼓鼓的，好似一个皮筏。它把五只小狼全部托运在上面，借着那'皮筏'的浮力，就这样全家安全地渡过了正在解冻的冰河。"

我惊讶："这雪域高原竟有这么厉害的狼啊？"

"这只能算聪明的狼。智慧的狼在后面。"老猎人胸有成竹地说，"有一次，我遇到一只带着四只小崽的母狼，浑身雪白。它跑得不快，因为要照顾跟在身后的小狼。我和狼的距离渐渐缩短，狼妈妈转头向一座巨大的沙丘跑去。我很吃惊。通常狼在危急时，会在草木茂盛处兜圈子，借复杂地形，迷惑猎人的眼睛，然后伺机脱逃。而人一旦跑上坡顶，就一览无余，狼虽然跑得快也跑不出人的视野。我想，这毕竟是猎人惯常的经验。

"这是一只奇怪的狼，也许它真是昏了头。我这样想着，一步一滑，跑上了高高的沙丘。果然看得十分清楚，狼飞快逃出了我的射程。当时顾不得多想，就拼命追下去。那是我生平见过的跑得最快的一只狼，不知它从哪里爆发出来的那么大的力气，就像贴着地平线的一支黑箭。到太阳下山，它真的消失在了蓝色地平线上，累得我几乎吐了血。

"我向着白狼消失的地方愤怒地开了几下空枪，气呼呼地往回走，一边走一边想，这真是一只不可思议的狼，它为什么如此厉害呢？莫非它对我了如指掌，早就知道我斗不过它？那四只小狼到哪里去了呢？已经快走出森林了，我决定再返回那个沙丘看看。快半夜才赶到，寒气冻得我浑身打战，白荷般的月光下，沙丘好似一朵巨大的雪莲含苞待放。我想真是多此一举，

那不过是一只善于挑逗猎人的狡猾的狼罢了。正打算离开，突然看到一个隐蔽的凹陷处，像白色的烛火一样，悠悠地升起两道青烟。

"我跑过去，看到一大堆野驴粪，白气正从中冒出来。我轻轻扒开，你猜我看到什么了？白天失踪的四只小狼，正在温暖的驴粪下均匀地呼吸，做着离开妈妈后的第一个有点不习惯的梦（我的表情无比惊讶，但我不忍心打断老猎人的精彩讲述）。地上有狼的脚印，白狼实在是太聪明了，完全超越了人类的机智，就连那些脚印也成了一种伪装的秘密武器。为了延迟我的速度，它全是倒着走的，那活儿干得极为精巧，大白天居然瞒过了我这个有着几十年捕猎经验的老猎人的眼睛。

"那一刻，我羞愧得无地自容，很快便想出一个反败为胜的办法。

"如果我躲在附近的树上，一定能再次发现那只白母狼，到那时，我相信它走投无路，一定会死得很惨。可是眼看着那四只熟睡的狼崽从鼻孔里喷出的热气，不知为何，那一刻我竟然丢下手里的枪，双脚发软，'扑通'一声跪在了它们面前。我选择了放弃。"

"放弃？你怎么能放弃？你是猎人，猎人时刻渴望着收获。我最想知道当时你被白狼骗了之后怎么不报复，而且你付出那么多才遇上那么好的机会，你怎么就轻易想到放弃？这不太可能吧？"

"年轻人，假如灾难突然降临的时候，你能有这只白狼的智慧保护你和你的亲人吗？我想，至少我不能。只可惜我年岁大了才明白这样的道理啊，我应该感谢白狼，是它教会了我。当然，使我改变想法的主要原因是那四只小狼崽，如果不是我的出现，它们会在一个熟悉的地方和妈妈一起睡得更香更甜。看到它们，我的心境变得尤其复杂，白狼作为母亲为孩子付出的艰辛努力，让我忏悔至今。所以，我万万下不了手啊。"

月亮，像是围上了哈达，在夜空中变幻成一座朦胧的佛影，渐渐升高，升到我想象力无法到达的地方……

望着老猎人手中转动的经筒，我已无心与他辩论。

西藏的狼比藏獒聪明，这是一种可能。虽然我没有目睹狼与藏獒的搏斗,但我看见过人类把藏獒训练得如蠢蠢的狗——生活安逸的狗,衣食无忧的狗,牛高马大的狗,貌似尊贵的狗,缺乏精神和灵魂的狗,好吃懒做的狗。而如果把一只狼交给一个人驯服,这其实是一件十分为难的事情。狼,只可能生活在远离人群的地方,储思积忧。单条的藏獒绝对打不过单只的狼,这就是老猎人告诉我的,他用心生活得出的结论。

羚羊过山冈

凌仕江

那是一个黄昏。东边太阳西边雨。这是罕见的太阳雨。雨中夹着白生生的雪蛋子。

一辆像是从战争中突围而来的大卡车在风中的尘埃里爬行。车上的人蓬头垢面,有的像难民,有的像游客,有的戴着大墨镜,有的挎着相机,还有的举着枪支。

只要翻过山脊,前面就可以看见纳木错了。

这样的情景,仿佛是为一个即将展开的电视画面特意安排的。但在西藏的许多地方,这样的环境和场面却再自然不过了。小男孩记得很清楚,车子一直围绕着一座山在转,向上,再向上转。当时的天光很暗很暗,暗得几乎要将世界万物吞没。车上的人渐渐停止了嘈杂的声音,有的感到头晕目眩,有的昏昏欲睡,有的在风中低低地呻吟……他们都在经历不同程度的高原反应。

只有小男孩的目光是清醒的。他睁大神采飞扬的眼睛锁定正前方——

大拐弯过了又是小拐弯,车子发出几声急促的鸣笛。就在车拐来拐去的颠簸中,不知何时,路边的山冈上出现了三只羚羊,两大一小,像三个飘然而至的倩影。

小男孩情不自禁地张大了嘴巴:"美,真是太美了!"

车上的人从男孩的声音中醒来:"哇,你们看,真是美啊！它们真是和谐的三口之家呀。噢,美丽的风景,可是不能带回家……"

就在大家感慨万千的时候,蓝色的天宇仿佛眨了一下眼睛。

突然,枪声贯耳,响遏行云——

"砰——砰！"

小男孩眼睁睁地看着一只羚羊倒在血泊中,惊吓得吐出了舌头。车上的人迟缓又呆滞地瞪大了眼睛。然后,一阵喧哗和骚动。

小男孩不顾司机反对,纵身跳下车去,疯了似的扑向那只血染的羚羊。他的心在痛,比枪口下的羚羊更痛,他痛他不能替这只羚羊挨一颗子弹。

车上已经乱成一团。有人声嘶力竭地喊:"是谁开的枪？"

人们要将那个坏人狠狠赶下车去。

车很快又启动了。可谁也没想到,剩下的两只羚羊竟仰起头迅猛地追了上来。车开得很快,羚羊追得很慢、很慢,看得出,它们的脚也伤得不轻,路上散落了一些血迹斑驳的蹄印。那只幼小的羚羊跑出几步,便停在原地,它哀戚的声音越来越小。

小男孩背对着地上两只一大一小的羚羊,他的身子挤在众人中显得异常高大,风卷走了他的太阳帽,他怀抱里受伤的羚羊好像睡得很香很香。

那只奔跑的羚羊追了很远,它最终绝望了,突然长嘶一声,掉转头,跪倒在经幡飘摇的山口。幼小的那只羚羊在山口哭泣,它的声音被五彩经幡传得很远很远。

小男孩不时地回头,张望着它们。他燃烧的眼睛钻进了羚羊跪拜的眼睛里。他内心的血在咆哮,风和雪把他和怀抱里的羚羊裹得很紧很紧。

经幡的影子越来越模糊,山口的墓碑越来越远,羚羊呆望着男孩的眼睛,默默站起身,掉转头,向四周望了望,然后,悻悻地、艰难地消失在众山之上。

小男孩说他没看见过那么悲伤的眼睛,像一枚血汪汪的落日。就在那一刻,日破西山红似血,当雪花渐渐远去的时候,风中有朵雨做的云,在天湖

的纳木错上空缠绵悱恻。万道霞光普照大地。

　　小男孩猛地一甩头,泪珠叮咚一声掉了下来,像写在水面上的童话,那么晶莹,那么凝重,如同凝固的一汪水银……

　　这是我从纳木错归来的途中,听到的最后一个关于羚羊的故事。有时,我真想再去问问那个小男孩:你后来还看见过那只小羚羊和它的妈妈吗?

春天已经来过

张祖文

　　春天刚好来临时，卓玛抱住了次洛。次洛已经伸不直手了，只有眼珠还在转。尼玛在他们身边不远处蹲着。尼玛是一条已经跟了次洛他们整整五年的藏獒。尼玛这种藏獒，还有一个名称叫雪獒。它们和一般的藏獒一样，都异常凶猛，对主人忠诚。但雪獒是藏獒中非常特殊的一种，它们全身雪白，而且只生活在海拔五千米以上的地区，到了海拔很低的地方，还会不适应，甚至会口鼻流血而亡。

　　现在次洛已经完全昏迷了。次洛是被冻僵的。

　　在卓玛来之前，次洛被人扒光衣服，用绳子捆着手脚，扔在了一片雪地里。次洛眼睁睁地看着那些人，把一捆捆装满了藏羚羊皮的袋子扛在肩上，一直向草原深处走去。最后，他就被冻得不省人事。

　　他再一次睁开眼，就看到了卓玛和尼玛。

　　尼玛突然用嘴把卓玛从次洛身上拉开，然后自己就一下俯在了次洛的身上，用它很长很厚的毛，将次洛全身都覆盖起来！

　　第二天，年轻强壮的次洛就完全康复过来，简单休息了一个上午，次洛就又准备去找那些偷猎者。他已经跟了他们好久了。

　　次洛和尼玛一起出发，沿着一条昨天他发现偷猎者的河岸向前走。

　　突然，跑在前面的尼玛停了下来。次洛小心地顺着尼玛的眼睛一看，果

然,前面出现了昨天那些人。他们不时地大声谈笑着,看来对来这一趟感到很满意。那伙人沿着河岸走了一会儿,到了中午,也没再发现有其他的藏羚羊,领头的人就决定到河流上游的公路上去拦一辆车子回去。

这条公路就在卓玛家门前经过。

那些人开始向河流上游走去。终于,他们看到了公路。那些人在公路边站着等车。

次洛看到卓玛的家门是关着的。卓玛家有电话。

尼玛突然蹿了出去!

所有的人都马上发出了一声惊呼:"天啊,这是一条真正纯种的雪獒啊!"

"雪獒?"其他的人都惊呆了!一条雪獒可是比好多张藏羚羊皮都还要值钱的东西啊。

那个领头的人喊:"胡三,你的麻醉枪呢?快点,活捉这条雪獒!"在胡三端起自己手中的麻醉枪时,尼玛已经快速地向屋后闪去。领头的人连忙喊:"快追!"

此时,次洛连忙跑向了卓玛家,砸开门锁,进去给警察打了一个电话,然后就急忙向屋后赶去。次洛赶到屋后,看到一个人竟然在河边抓住了卓玛!

那个人用枪指着卓玛,淫笑着逼了上去。这时,一声枪响,领头的人拖着尼玛走了过来。尼玛腿上中了一枪。那些人发现了次洛,也用枪指着他。

一人说:"昨天那样都没把你冻死啊?"说着就手拿一根铁棍,要打次洛。

棍子刚要落到次洛头上,卓玛突然一个闪身扑了上来,护在了次洛前面。那人恼羞成怒,抬起一只脚,狠狠地一脚踹了过去!只听得"扑通"一声,卓玛跌进了河水中!

卓玛跌入河水几秒钟后,水面上就漂起了一丝丝血红血红的水印!

次洛感到心都要裂了!他知道,卓玛已经怀了他三个月的孩子!次洛感到什么希望都没有了,他一转身,一拳打在了领头的那个人身上。那人手中拿的枪"咣当"一声掉在了地上,却也不甘示弱,马上就和次洛扭成了一团。

正在这时，那人竟突然发出了一声惨叫！次洛一看，原来不知什么时候，尼玛竟然醒了，而且扑了过来，咬住了领头那人的手臂！

关键时刻，警车的汽笛响了起来，也在这时，只听得"啪"的一声脆响，尼玛的嘴中竟然留下了一条完整的手臂！那手臂血淋淋地悬在尼玛的嘴里，所有的人都惊呆了！

一会儿，警察就把这伙人全都抓住了。但在最后清查人数时，却单单发现不见了那个领头的人。

警察用车把卓玛赶紧送到了医院急救，一边又去追捕那已经受了伤的领头人。但警察找了大半天，却还是没有找到。后来，在很远的一段公路附近，警察发现了一具尸体。经查，这是一个司机。警察明白，一定是领头的人趁乱劫持了一辆车，然后跑了，并在成功跑掉后杀了司机。

但同时令人感到奇怪的是，尼玛从此也不见了影子！

当草原又一次枯黄时，次洛和卓玛都还没有见到尼玛。

后来，次洛在电视里看到了一个新闻，说是在内地某城市，有一个缺了一条手臂的人，被一条浑身脏兮兮灰不溜秋的狗给活活咬死在了大街上！奇怪的是，那条狗在咬死那个人之前，还是异常凶猛，任何人都不能靠近，就连及时赶来营救的警察，也是毫无办法，但这狗刚一咬死那个人，就马上口吐鲜血，倒在地上，死了过去。死的时候，狗的嘴里鼻子边还流了好多好多的血！

次洛看到了那狗的遗体。

次洛看到狗躺在大街上时，天刚好下起了瓢泼大雨。次洛看到，随着雨水的冲刷，那条原本浑身脏兮兮灰不溜秋的狗，竟然在瞬间就变成了一条全身长满了雪白雪白的毛的狗！

次洛的眼前，就出现了全身雪白雪白的尼玛，正在草原上奔跑着，看着就像一条白色的银练，在各种美丽的花和青翠的草中间穿梭着，异常惹眼。

他的泪就又一次流了下来。他感到，春天不是走了，而是已经来过，并将永远停留在草原上。

给你一个飞翔的理由

张祖文

　　我和同事旺堆一起下了车，站在车下的草地上。

　　我们警惕地望着前方，感觉空气有点凝固，心跳也加速，手中的枪被我牢牢地抓紧，掌心的汗涔涔而下。

　　面前的草原一望无际，天的颜色与草地的颜色融为一体，一群藏羚羊在不远处的一个小水池边悠闲地吃草、喝水。

　　我向旺堆递了一个眼色，他便又上车，将车开向远处的一个山丘后面。回来后，我们卧倒在草地上，身影基本上全掩在了草丛中。

　　时间过了很久，大多数的藏羚羊都卧在草地上休息，仿佛一个大家庭般温馨、祥和。一只老藏羚羊正在一只小藏羚羊身上舔舐着，小藏羚羊静静地躺着，享受着和煦的阳光和温柔的母爱。

　　我挪了挪手中的枪。一只长着两个长耳朵的兔鼠从我的身上跃过。

　　突然，远方的视线中，又出现了一辆车。车在老远的地方停了下来。

　　几分钟后，几个身如豆点的人影下了车并慢慢地向我们的方向接近。一会儿，这群人的身影就越来越大，我清楚地看到，他们每个人的手里，都拿着武器。一个满脸络腮胡的大汉端着一支猎枪走在前面，一看就是带头人。

　　我的内心倏地收紧。看来，情报没错！我将对讲机拿过，轻轻地说："旺堆，看到没有？"

旺堆马上回答："看到了,好几个人呢!"

我说："注意,他们一接近,我们就立刻鸣枪,千万要抢在他们动手之前!"

"好的。"旺堆说。

一步步,一步步,那伙人小心翼翼地向着小水池边靠近,快接近了,他们干脆俯在草地上,匍匐前进。

一会儿,前面的草丛没了动静。

根据经验,我知道,他们已经瞄准了目标。我扣动了扳机!"砰——"的一声,一声轻啸滑过水面,水池边立即乱了起来。

所有的藏羚羊都条件反射般一下就蹦了起来。

紧接着,我喊:"警察!"

按以往类似的情形,只要我一喊出"警察"两字,那些盗猎者就会马上如惊弓之鸟,做鸟兽散状。但这一次却不同,几乎是在我喊出"警察"两个字的同时,水池边突然枪声大作。我知道,这是一伙歹徒!

顷刻间,我看到几只还没有来得及跑出歹徒射程的藏羚羊就如坍塌的泥墙一样,倒了下去。

我立即向着歹徒们藏身的地方猛烈射击。旺堆的枪也同时响了起来。歹徒们可能没想到突然之间会有这么猛烈的回击,加之他们所用的毕竟是猎枪,火力有限,而且不知道我们这边的虚实,几分钟后,我就发现有一个歹徒跟跄着向远处的汽车跑去,紧接着,另外的几个歹徒也跟着跑去。

枪声暂时停了下来。

我追了上去。经过水池边时,看见一只还没有断气的藏羚羊正在拼命地挪动着身体。

它的全身上下都被鲜血浸染,一条腿上被猎枪的弹药击出了一个大大的孔,正在汩汩地流着血。我很心痛,忙俯下身,撕下自己的一只袖管,麻利地给它做了简单的包扎。

我站起来,却发现那伙歹徒又折回了身!我明白,他们肯定是发现我们

人少，所以有点有恃无恐。

我愤怒到了极点，再次拼命地扣动扳机。突然，我感觉自己的一只手臂麻了一下。

歹徒似乎没料到我们会这么顽强，一时间竟有点手忙脚乱。两分钟后，他们已经确定占不到什么便宜，便又向着车子靠近。一会儿，有好几个人都上了车，然后发动车子，急速向远处逃去。

我和旺堆转身，一看，竟有三只藏羚羊倒在了血泊之中，两只藏羚羊受重伤。

我对旺堆说："快，把车开过来！"车开过来了，我和旺堆连忙将受伤的藏羚羊抬上了车。刚发动车子，就听到了一个微弱的声音："救救我，救救我。"

我看到不远处的草丛中，一个满脸络腮胡的人躺在那里，腿上明显中弹了。我下车，看到了他无助的眼神。我挥舞着自己的伤臂，跑了过去。

后来在医院里，有人对我说："他最初认为我们不会救他，没想到我们不仅救了他还送他到了这里，所以，他感激我们。"

我说："没什么，其实保护藏羚羊的最终目的，也是为了保护我们人类自己。所以，救他也是理所当然的。"

他听了，久久不语。

两年后，我们可可西里保护藏羚羊巡视组，又多了一名义务工作人员。他就是那天我和旺堆救起的那个伤员。从此，他就和我们一起生活在草原上，飞翔在了可可西里。而飞翔的理由，则是他在草原上能感受到生命的气息，那是大自然赋予他的。

王者的悠闲

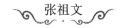

张祖文

　　他是带着满腹心事踏上高原的。到拉萨后,他包了一辆车,想在高原上好好地转悠一下。司机叫旺堆。

　　一天,他说想去看看森林,于是就和旺堆一起驾车来到了西藏边境一个有着大片原始森林的地方。他突然还想到林海里面去转转。旺堆听了,吓了一跳。他却笑了,说:"我们坐在这样一个铁家伙里,还怕什么? 野兽不可能撞破我们车上这么厚的钢化玻璃钻进来吧?"

　　车子一进林海,突然停了下来。他们下车一检查,原来汽车刚才不经意在哪里撞了一下,漏掉了油箱所有的油。他掏出了手机,想与外界联系,却发现手机没有信号。

　　天色暗了下来。他们突然听到了一阵"嗷嗷"的叫声。没过多久,一只身材异常高大的黑熊出现在了车子的前面。

　　黑熊爬到车前,伸出了两只前掌,开始拍打车头。车子被它拍得"砰砰"直响。天已经完全暗下来了,他往前看,却看到了两盏闪着寒光的绿灯。他问旺堆:"那是什么?"旺堆有气无力地说:"是老虎!"

　　老虎? 他顿时感到彻底绝望了。眼前的这只黑熊还没有走,却又出现了一只比黑熊更为凶猛的老虎! 他眼前一黑,差点晕了过去。但是他觉得奇怪,那老虎竟然一直都只是在离车子大概有一百米的地方蹲着,再也没有

上前。

他的内心放松了一点,幸好这个更危险的东西没有上来,否则,它和黑熊一起来攻击车子,那自己和旺堆岂不是就没有一点希望了?他看了看旺堆,旺堆却好像看穿了他的心思,说:"它现在是节省体力,一旦黑熊拍碎了玻璃,它就会马上冲过来,赶跑黑熊,然后……"旺堆叹了一口气。

他感觉到自己已经成了一块摆在砧板上的肉。正在这时,他看到他那部有全球卫星定位系统的手机竟然闪现出一丝丝的信号!

就在他和旺堆已经被黑熊的击打声弄得精疲力竭的时候,耳边突然传来了汽车轰鸣的声音。就在那一刻,只听见"哗"的一声,他看到靠自己一侧的玻璃竟然碎了,然后,一个黑乎乎的东西伸了进来。远处的那只老虎,也猛然撑起了身子!他终于支撑不住,一头晕了过去!

当然,他还是被救了。救援者就是林海附近一支驻扎在此地的边防部队。他们赶到时,发现了那只黑熊,在黑熊的一只掌将要抓到他的时候,枪声响了。

他回去后,想得最多的,却还是在林海中遇到的那只老虎。后来他仔细查阅了一些有关老虎的资料,竟发现,这些百兽之王平时都很悠闲,但一到关键时候,它们会全力以赴,整个猎食过程不过几分钟。他不敢想象,假如那天黑熊把玻璃击碎之后救援人员没有及时赶到,一直就在旁边默默蹲着的老虎,会做出怎样的举动!

这样一想,他的精神立即就得到了真正的放松。一次历险,没让他从此颓废下去,相反,却让他真正意识到,王者的悠闲,其实就是为了那最后的致命一击!

于是,失业时间已达大半年、原本是一名球员的他,又重新找了一支球队。经过长达一年的强化训练,他成了这支球队的主力,在球场上终于当上一位真正的王者。

雪　豹

广雨辰

　　次松刚走进唐古拉山就发现了雪地上一只雪豹的足迹,凭多年打猎经验他迅速确定了雪豹的必经之路,套还没下好,就听到远处传来"沙沙"的脚步声。

　　次松吓了一跳,首先想到的就是护山员,来不及收套,急忙就近躲到一块岩石后面。没过多久,远处便有一个背着长枪的人向这边走来。果然不出次松所料,来的正是护山员洛桑。心中就"咯噔"一下,心想,真他妈的丧气,又遇上他了。次松好几回都差点儿栽到洛桑手中,要不是他机灵路熟,早就蹲进了大狱。次松真想一枪结果了洛桑。但他知道,结果一个洛桑,还会有另一个洛桑冒出来。他决定先设法把洛桑引开再来偷猎,于是故意弄出些动静让洛桑发现,背起猎枪向峭壁上爬去。

　　洛桑远远发现次松,一眼便断定是来偷猎的,忙端起枪大喊:"站住!"

　　次松头也不回,迂回攀向左侧山峰。洛桑急忙尾随追赶。次松心中暗笑,有意想要耍洛桑,故意保持一段距离,不疾不徐地将洛桑引向远处。不过半个时辰,突然天空阴云密布,眼见要有一场大雪,次松急了,担心雪大遮了雪地上雪豹的足迹,没办法下套,急忙甩下洛桑往回赶。才赶到一半路程,雪就下了,鹅毛般铺天盖地。一不小心,次松又滑了跤,挫伤了右脚,气急败坏,不顾脚伤,一瘸一拐地赶到发现雪豹足迹的地方,地面上哪儿还有

雪豹的足迹？

次松骂了声娘，想回去又不甘心，毕竟现在雪豹越来越少了，政府管理得也越来越严，偷猎这碗饭也越来越难吃了，就想再碰碰运气，凭经验下套，这才想起来刚才忘收套了。虽然估摸着就在左右，却不敢乱找乱摸，怕误伤到自己，只好认倒霉，刚要离开，突然听到不远处传出一声野兽的号叫，吓得次松魂飞天外，知道是遇上雪豹，急摘下枪向后退，不想一脚踏到套子上，左腿被死死夹住，痛得他怪叫一声扑倒。

雪豹顺声扑了过来，次松两眼一闭，准备等死。就听远处传来两声枪响，是朝天鸣放的。雪豹受惊，扔下次松向山上逃去。次松惊出了一身冷汗。

不一会儿，不远处就传来洛桑的声音："你受伤了吗？重不重？"

不知为何，次松恨起洛桑，要不是洛桑，今天本可以发一笔财的。但现在，他却要栽到洛桑的手中。他忍着剧痛端起了枪，瞄准洛桑扣动了扳机。远处传来洛桑的叫声，次松长出口气，扔了猎枪躺在雪地上，双手奋力抬起被巨钳夹套住的右腿，看到裤腿上血液已凝固，还不断有新鲜血液向外涌出，将地下的雪都染红了。他想打开套子，用尽了吃奶的力气也没打开。

次松害怕了，不由得浑身抖成一团。在这崇山峻岭之上，只身行走尚且不容易，别说带个套野兽的套子了。他突然后悔不该朝洛桑开枪。被洛桑捉住，最多被判两年，可现在他却要付出生命的代价。他真的希望自己刚才没打到洛桑，往开枪处看了看，奇迹出现了，洛桑正朝这边小心地爬了过来。次松激动得流出了眼泪。

离次松还有一段距离，洛桑便猛扑过来，将次松压在身下边打边骂："你他妈的想杀了我？"

次松大口大口喘着气笑了。

洛桑感到奇怪，这小子咋突然老实了。爬起身才发现他受了重伤，连忙先替他治伤。这时次松才看见自己刚才那枪打中了洛桑的左胸。

洛桑替他摘了套子，简单包扎一下，又脱去上衣替他护住右腿，这才背起他骂:"看你个畜生还他妈的偷猎不?"

次松便虚弱地伏到洛桑背上。

雪越下越大,狂风亦呼啸而至,次松感到一直冷到心头。洛桑也是浑身打战,手足一片冰冷,走路也摇摇晃晃起来。

次松知道,再这么下去,两个人谁也活不成了,就说:"我用、用枪打、打、打你,你还、还救我。"

洛桑大口喘着气说:"闭、闭嘴。"

次松说:"你、你、你自己、自己走吧,要不、要不咱俩、咱俩都活、活不成。"

洛桑说:"少、少放屁。"

大雪依旧,狂风依旧,山路依旧。两个身影突然晃了几晃倒下了。

次松醒来时已躺在县医院的病床上,当天就有两名派出所人员来问他是怎么回事。

次松反问:"洛桑呢?"

派出所人说:"他已经死了。你和洛桑熟吗?"

次松说:"我认识他,他不认识我。"

说完就哭了。不论谁再问他什么,他都不回答。

次松伤养好后,便到派出所自首了。

一个人的古树名木

何 晓

　　"很早很早以前,槐树和黄果树两兄弟一起出门去找落脚的地方。到了锦屏山对岸的嘉陵江边,黄果树看到西边有集市,就说:'哥哥,你在这里等我,我进城去看看,有好地方落脚就回来喊你。'黄果树进了城,发现最西边有个地方好,来来往往的人多、也宽阔。它原打算去喊槐树,可眼看太阳都要落山了,它就决定先在这里睡一晚上,第二天再去和槐树商量。哪晓得这一睡,竟长出根了。槐树左等右等不见黄果树的影子,站得太久,也在那个荒坝坝里生了根……"

　　江老汉才把龙门阵摆到这里,规划院的小王就对着满铺子的茶客说:"老人家,我忙得很,先走一步,你们继续摆。"

　　江老汉连忙把茶碗放下,招着手说:"莫要急,听我摆完嘛。"

　　"槐树生了根以后,长得飞快,几年间就枝繁叶茂了。它脚底下原本一片荒芜,但有了这棵树,鸟来了,花开了,草长出来了,其他树苗苗也冒出来了。远处山上的人看到这里有生气,就一家一家地搬来住。这里逐渐热闹起来,和老城连拢,也成了集市。只是从此,城西一直住的是发财人家,城南住的是平头老百姓。"

　　小王听了,笑道:"西边老城有三千年历史,南边说是新城,也有近千年的历史,眼前这槐树才有几圈年轮?老人家,传说嘛,当不得真。"

江老汉喷出一大口烟圈，边咳嗽边说："毛娃娃，我不怕你是大学生，你晓不晓得传说是历史的影子？历史书是人写的，再花哨，影子不会变，不信试试看，你穿红衣裳身后拖的是这个影子，你穿白衣裳身后拖的还是这个影子。"

小王摸着后脑勺，边往茶铺子外头走边不好意思地说："老人家，你的故事再好听，我的工作还是要做啊，现在我们市的森林覆盖率已经达到百分之八十六了，你不要心疼这一棵树嘛，等滨江路修好了，我们要栽更多的风景树。"

江老汉撵上来说："你栽再多的风景树，也赶不上这一棵老槐树！谁敢砍这棵树，我就要跟谁拼命！哼，城西的黄果树你们为啥不砍？为啥偏要和城南的老槐树过不去？我看你们这次规划有名堂！"

小王后退一步，涨红着脸说："城西的黄果树有四百年历史，是市政府挂牌保护的古树名木，随便上去动根枝枝都是犯法的。"

"怪哦，那个动根枝枝都犯法，这个就要连根铲？市政府为啥只说那棵树是古树名木，而不说这棵树是古树名木呢？"江老汉气得直冒火，挥舞着手上尺把长的旱烟锅子，把小王一路逼到槐树底下去了。

小王摸着槐树干说："你要讲道理嘛，这树干还没有水桶粗，哪里像长了四百年的样子？"

"原来的老树四十年前被砍去炼了钢铁，现在你看到的，是后来在砍断的地方发的新枝。你不信？我去拿县志来给你看。"江老汉像吵架一样吼道。

"这树根再老，它只要不是古树名木，修路的时候就保不住。我真的要走了，人家都在等我。"小王边说边往前一个路段跑，那里他的同事正在画线。

江老汉看着已经圈到线内的槐树，也不和茶友打招呼，背起手就往城西走。黄果树在绸厂大门口，绸厂生产的降落伞面料是国家重点保护的军工产品，绸厂也是国家重点保护的军工企业。那几年，绸厂门口的这棵黄果树

就是沾了军工企业的光，才没有被砍去炼钢铁。

江老汉想："我隔三岔五地就要从这里过一次，咋没看出来这树已经是古树名木呢？今天一定要仔细看看！"

江老汉一到树下就发现，树上真的挂了一块牌子，方方正正，蓝底白字，上面写着："古树名木，古城市人民政府立。"

"这么个牌牌钉上去就没人敢随便动这树一枝一叶了？好得很，我也找人民政府给老槐树发一个！"江老汉于是就去找人民政府，人民政府说这事还得要有专家认证。江老汉于是又去找专家，专家不光要看树根还要看树干，还要去调查，还要写报告……

江老汉没等专家把话说完，转身就走，边走边抱怨："等你的报告出来，滨江路都修好了，槐树早成干柴棒了！"

江老汉很失望。他一路走着一路嘀咕："要一个古树名木的牌子咋就这么难呢？"

正想着，他看到一家招牌店门口横七竖八地摆着各式各样的牌子。江老汉心里一动，走进去，不大一会儿和店主人谈妥，交了定金，欢欢喜喜地哼着川剧回家了。

三天后，古城电视台播了一个市长专访节目，说修建滨江路南段时将要以槐树为中心，建一座槐树花园。节目就是在城南槐树下拍的，热心的观众一眼就能看到，市长旁边的槐树上挂了一个牌子，方方正正，蓝底白字，上面写着："古树名木，一个人立。"

在电视里，市长还说，即使"古城市人民政府立"的牌子做出来了，这"一个人立"的牌子也永远不取。

神奇的自来水

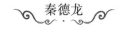
秦德龙

医生为我做了检查。结果令人吃惊：我得了自来水缺失症。

我怎么会得这种怪病呢？

我对医生说了实情。这几年，我到一个边远山区支教，吃住都在老乡家。说实在的，山里很穷，很落后，老乡有了病，也只是喝碗白开水，顶多熬点稀粥喝。这里的人，靠天吃饭，吃水要到山里去挑，山里有山泉。当然，山里吃的喝的都是绿色环保食品，绝对不会有任何污染。

山区是没有自来水的。可我怎么会得自来水缺失症呢？

"问题就出在这里。几年来，你喝的一直是山泉吧？"

"那当然，我一直喝的是山里的水，吃的是山里的饭和菜。我一天都没离开过山区！"

"你还没听懂我的意思。我是说，正因为你没离开过山区，一直用山里的水烧饭，你才会得这种怪病。"

我愕然了。

医生吩咐护士给我挂瓶子输液。"输液吧，输几天水，你就好了。"

护士很快就给我挂上了吊针瓶子。然后，拍拍我的手背，让血管鼓起来，一针攮了进去。扎上吊针后，护士又调了调流速，让药液缓慢有序地滴入我的身体。

我忍不住问护士："请问,您给我输的是什么药?"

护士爽快地答道："自来水。"

我大吃一惊："自来水? 怎么不给我打药呢?"

护士笑道："这就是药啊,你得的是自来水缺失症啊。你体内缺少自来水,所以,才给你输自来水!"

真是气死我了。我输自来水干什么? 我到医院干什么来了? 我就是来打针吃药的呀! 我拔掉针头,找到了医生。

医生望着我,笑着:"你几年没喝自来水了,也没吃自来水煮的饭了,当然要给你输自来水了。我们要把你身上现有的水换掉,全部换成自来水! 为什么不叫你端杯子喝呢? 那样治病,看起来快,实际上慢。自来水,必须进入你的血管,才能全面吸收。你明白吗?"

我目瞪口呆,暗暗承认医生说得有道理。可我似乎还是不明白,自来水真的能治病吗?

医生让护士重新为我扎上了针。既来之,则安之吧。我心里已经有了主意,打完针,去查查自来水的功能,也许能得出结论。

化验室主任接待了我。她耐心地为我讲解了自来水的构成,还写出了分子式让我看。她特别强调自来水里都放有漂白粉,而漂白粉的成分就是药物。她还说,城里的污染越来越严重了,漂白粉的指标需要不断地修订。否则的话,就遏制不住日益严重的水污染。

原来,几年前,我已经喝惯了城里的水,吃惯了城里的粮食和蔬菜。我的身体里,早就习惯城里的自来水了。到山区工作后,不吃城里的自来水了,改变了饮食结构,我的身体反倒不适应了。所以,医生认为,最好的办法,就是给我的身体补充城里的自来水。说句实话,回到城里喝水,我总觉得有股子呛人的怪味。现在看来,自来水果真就是药水,我的确需要补充自来水了。

山区的老乡很挂念我,房东老弟特意进城来看望我。他提来了一个很大的篮子,用毛巾盖着。我猜想,里面都是我爱吃的东西,小米啊、红薯啊、山果啊。可我没想到,篮子里只有一瓦罐泉水。

房东老弟指着山泉说:"这是让你润嗓子的。多喝点泉水,好得快。泉水甘甜,没有任何污染!"

我不知说什么好,只能据实相告:"放这儿吧。今天,我输了很多水,肚子已经饱了。"

房东老弟走了,留下了那罐子泉水。

我提上瓦罐,将里面的泉水倒掉了。不这么做,我的身体怎么能复原呢? 我不能再喝山里的泉水了。

每天,我都要到医院排队输水,输自来水。过了些日子,身体状况明显好转了。看来,自来水真是神奇。

我没有再到山区去,却经常盯着空空的瓦罐发呆。

怀念猪

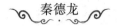

秦德龙

　　这事的责任在猪。G市官员已经认定，造成G市环境污染的罪魁祸首是猪。市郊那些养猪场，从各个角度向市区排放臭气。环境污染的源头，就是猪，责任完全在猪。于是，下达禁猪令，G市全面禁止养猪。理由很充分：养猪的，不能挣环境的钱；吃肉的，不能以牺牲环境为代价。

　　G市人有话要说。赖账，怎么能赖到猪身上？

　　可是，媒体不让人们说。G市的媒体都在装聋作哑，都在捂盖子，不叫人讲话。

　　可是，人们总是要吃肉的呀。换言之，养猪场关了，人们怎么吃肉？当然了，牛肉、羊肉、鸡肉、鱼肉都有得吃，可有些人，偏偏就是要吃猪肉。大多数人，大多数情况下，吃的就是猪肉。

　　那怎么办呢？那就八仙过海，各显神通吧。有车的，可以开车到外地去吃。有钱的，可以从外地高价邮购过来吃。有权的，可以进饭店吃，管它猪肉涨不涨价，只管签单就是了。

　　愁煞了老百姓。

　　因为，猪肉炖粉条、肥肉熬白菜、肉丝炒萝卜，是老百姓的当家菜。没有猪肉吃，老百姓怎么能快乐起来呢？就有人开始骂街了，骂G市官员是猪，恨不得割他们身上的肉吃。还有人查阅了历史，从史书上翻出个明代朱皇帝。就是这个朱皇帝,曾经下御令,禁止老百姓养猪。因为,猪与朱同音。朱皇帝是不能允许老百姓"养朱""杀朱"的。翻到了这样的历史,G市人就骂得更欢了,骂G市官员是蠢猪,是脑子进水的蠢猪!

当然,G市的官员中,没有人姓朱。禁猪令白纸黑字,严肃得很,开不得玩笑。道理很简单,既然环境污染的罪魁是猪,那么就一刀切好了,格杀勿论。

为了说服人们,G市开动了各种宣传机器,说了猪的许多坏话。文雅点说,宣传了猪的许多缺点。最普遍的说法是,常吃猪肉的人,易患高血压、高血脂、肥胖症、心脏病,易出现脑血管破裂或堵塞。因而,猪是人类健康的杀手。虽然,人类有旺盛的食欲,常常管不住嘴巴,但那也一定要节约吃猪!

有些不吃猪的秀才,在宣传禁猪令的行动中,表现得很有才。他们从"猪文化"的角度,挖掘出猪的许多劣根性。比如,猪八戒好吃、懒做、贪色,不学无术;又如,日本鬼子猪头小队长凶残、愚蠢、卑鄙,无恶不作;再比如,深山里的野猪,肉硬筋粗,煮熟了剁不烂,且极不讲卫生。人吃了这样的猪,有什么好处呢? 没什么好处,就不要吃猪了。

说是这么说,更多的人,却在怀念猪,天天都在怀念猪。因为,猪肉毕竟是太好吃了,太香嘴了,太让人感到味道好极了。

G市的生物学家们是不甘寂寞的。政府下达了禁猪令,让他们找到了新课题的切入点。他们迅速完成了"人造猪"的科技立项计划。是的,人造猪,并非以猪的实物形象出现,也不需要圈养活物,只需要建一个大型工厂。每天二十四小时流水作业,将大量的人造猪肉生产出来,转化成袋装食品,进入G市的各个自选商场。

仿生技术的应用,很快就将空想变成现实。人们惊喜地发现,商场里有了包装精美的"金猪"牌人造肉。人造肉的包装上,有专利号,有防伪条码,有保质期。而且,还有诱人的广告:"不吃不知道,吃了忘不掉!"

一夜之间,"金猪"牌人造肉,进入了千家万户。

"金猪"牌人造肉,与早先的真猪肉相比,不但形似,而且神似。色香味

形俱佳，几可乱真。人们用"金猪"牌人造肉炖粉条、熬白菜、炒萝卜丝。也只能这样了，总算有肉吃了，比吃不上肉强吧，聊胜于无嘛。人们嘴里咀嚼着人造肉，不得不承认这样的道理：人类是伟大的，什么人间奇迹都可以创造出来。

为了鼓励人造肉的生产，G市制定了宽松的发展政策，原先的那些养猪场，注入了大量资金，实施了脱胎换骨的技术改造，相继改建成为人造肉生产基地。G市的商场里，到处可以见到"酷金猪""最金猪""香金猪""美金猪""秀金猪"等人造肉系列产品。形形色色的人造肉，如雨后春笋般冒了出来。

G市的人们，生活进入了小康水平，家家户户的饭桌上，都有吃不完的人造肉。

不过，G市人却有一种改不了的毛病，这就是"端起碗来吃肉，放下筷子骂娘"。他们一边吃人造肉，一边骂G市官员。因为，人造肉生产基地的环境污染，比养猪场还要恶劣。况且，人造肉的味道，越来越难吃了，吃到嘴里的感觉，像是嚼塑料布。于是，有人上书，要求政府关停人造肉生产基地，恢复养猪场，让老百姓吃上鲜活的真猪。

历史是不会开倒车的。人造肉生产基地不但没有下马，反而做大做强了。大批大量的人造肉，被装进集装箱，运送到外地市场。一批批外地官员，到G市考察取经来了，谋划着如何打造本地的人造肉生产基地，提高本地的GDP。

G市人索性不吃肉了，不吃人造肉了，让更多的人造肉运往外地去。

当然，G市人忘不了猪肉的鲜美味道，到了假期，便去乡下，进驻农家小院，吃一顿香喷喷的肥猪肉，给自己解解馋。

更多的时间，G市人只能猫在城里，怀念猪，怀念香喷喷的猪肉。他们在精神上崇拜猪，以心里有猪为乐事。

羊的行为艺术

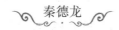

秦德龙

自打出现了三聚氰胺毒奶粉事件后,爷爷我就决计从乡下引进一只奶羊了。爷爷我这么做,完全是为了孙子着想。虽然孙子尚未出世,可爷爷我必须提前做好准备呀,总不能等着孙子饿得嗷嗷哭而束手无策吧?因此,爷爷我喂一只奶羊,可以说是富有前瞻性的。

可是,爷爷我刚把奶羊从乡下弄来,麻烦就来了。社区工作人员找到我,劈头就问:"办证了吗?不知道城里不许随便养宠物吗?"

"你们说的宠物,是指狗吧?看清楚了再说,我养的是一只羊!"

"羊怎么能当宠物养呢?"

爷爷我懒得和他们说什么了,叫办证就办证吧,只要孙子有奶吃,我爱孙子没商量。可是,联想到猫作为宠物,也没办证,爷爷我就说了:"我养羊,是为了搞行为艺术。行为艺术,你们懂吗?"

社区工作人员说:"你搞什么行为艺术,我们不懂。可是,你拿艺术说事,就是强词夺理了。"

爷爷我耸耸肩,笑道:"我不和你们争,我让你们看道具。"说着,爷爷我拿出来蕾丝乳罩,给奶羊戴上了,又给奶羊的脖子上围了纱巾,还给奶羊的蹄子套上了袖珍的小皮靴。说实话,做这些事,都是跟狗学的。君不见,大街上的狗,穿马夹、挂屎兜,气质很雅的。

社区工作人员满脸狐疑地望着我，无话可说了。

爷爷我心里暗笑。他们哪里知道，爷爷我是挂羊头卖狗肉呢。

让孙子喝上新鲜的羊奶，这并非爷爷我的发明。古往今来，给婴儿喂新鲜羊奶，是很正常很美妙的一件事。爷爷我的爷爷，就这么做过。记得我小的时候，奶水不够吃，又没钱买奶粉，爷爷我的爷爷就养了一只奶羊，专门给我挤奶喝。新鲜的羊奶，白白嫩嫩，温温暖暖，充满了温馨和慈爱。每次喝完羊奶，我都要吧嗒吧嗒小嘴，向敬爱的爷爷致敬。现在，我就要做爷爷了，当然也会这么做的。爷爷我不是吹的，为了弄到一只上好的奶羊，爷爷我曾和涮锅店的老板协商过，希望他给帮忙，弄一只新疆的奶羊过来。爷爷我为什么要弄新疆的奶羊？因为爷爷我去过新疆，知道新疆的羊好，而新疆的羊好，是因为新疆的草质好。新疆的草，干净无污染，且多为中草药。羊吃了这样的草，绝对健康，羊健康了，奶水就会优良。可老板说，新疆太远了，弄不来。弄不来就弄不来吧，爷爷我只有从乡下弄一只了。

为了确保乡下的奶羊身体好而奶水好，爷爷我抱上奶羊，去了宠物医院。爷爷我向医生说明，这是一只搞艺术的羊，请为这只羊体检，并接种防治传染病的疫苗。

"哦，搞艺术的羊啊。什么艺术？会唱歌吗？会跳舞吗？会说相声吗？会演小品吗？"医生问。

"你说的这些，它都不会。它只会行为艺术。行为艺术，知道吗？"

"知道，我当然知道！随便做个小动作，就是行为艺术哦。好了，请为它解开乳罩，拿下纱巾，脱掉皮靴，让我给它做个全面检查。当然，重点是乳房。嗯嗯，瞧，羊毛多么白呀，乳房多么丰满啊！"

爷爷我忍不住剜了医生一眼。这家伙，真流氓啊。若是给女人看病，不定安什么坏心呢。不过，为了给奶羊检查身体，注射疫苗，爷爷我还是忍了。不说，爷爷我啥都不说。

从宠物医院回来后，爷爷我开始了美丽的畅想。爷爷我相信，不久的将来,孙子一出世,就能喝上新鲜可口的羊奶了,再也不怕三聚氰胺毁坏肾脏了。不过,爷爷我忽视了一个重要的问题:没有公羊来配种,奶羊是不会怀孕的,不怀孕,就无奶水可言了。

当爷爷我为这个棘手的问题而焦虑时,奇迹出现了。一位邻居,牵来了一只公羊。一进门,他就说:"老秦啊,我把宝贝交给您了,就让我的宝贝和您的宝贝产生爱情吧!但要记住,将来,您的宝贝产奶了,咱们要利益均沾啊!"

爷爷我连声答应着,喜不自禁。这回好了,公羊、奶羊都有了,就等着奶羊怀孕吧,就等着"哗哗哗"挤羊奶吧。

每天,爷爷我牵着公羊和奶羊在小区里漫步,构成了都市里靓丽的景观。没人来干涉我们,社区工作人员已经知道了,爷爷我正和搭档搞行为艺术呢。

也就是从这一天起,社区里的风景渐渐增添新的亮点了:养羊的人,一天天多了起来,成双结队的羊们,在楼群间行走,温文尔雅地从事着人人皆知的行为艺术。人们为了认出自家的羊,给羊毛涂抹了各种鲜艳的色彩,打眼一望,羊群像一片片五颜六色的云彩,在城市里飘来飘去。有趣的是,小朋友们看见彩色的羊群,都不愿意上幼儿园了。孩子们在羊群中奔跑,尽情地撒欢儿。就连大人也被感染了,忍不住同小朋友玩起了老鹰抓小鸡的游戏。

社区工作人员对这个现象感到奇妙,他们跑过来问:"怎么回事啊?这么快乐!"所有的人都如此回答:"羊的行为艺术哦。"

社区工作人员笑了,迅速将新生事物上报了。

很快,就有官员下来调研了。不久,"羊的行为艺术"作为人与动物自然和谐的典范,以《风吹草低见奶羊》为题,见诸报端了。

爷爷我被聘为"羊的行为艺术"指导员。爷爷我做了进一步大胆的创新,将野兔、山鸡、河鸭、刺猬、猫头鹰等小动物,统统引进了水泥森林般的城市。现在,我们的城市,变成了一个美丽的村庄,天天有歌声,处处有欢笑。再也没有人因三聚氰胺而后怕了,再也没有人因肾衰竭而恐惧不已了。

天塘山的咒语

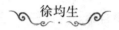

徐均生

在我们老家有一座山，叫天塘山。山上树木葱郁，云雾弥漫。飞禽走兽，遍及山岭。在天塘山下有一块石碑。石碑上雕刻着一句咒语——"上山挖塘者断子绝孙！"

这条咒语何时刻上去的，谁也说不清。

小时候上山砍柴，我看到过这条咒语。当时没有什么想法。我小的时候，就有人上山挖塘，其实是去淘宝。相传天塘山上有七个塘，据说是身高三丈三尺的仙人留下的足印。如果哪个人挖到了这七个塘，那么，他会在最后一个塘里得到一副金锣金锤，就会有享不尽的荣华富贵。

那些上山挖塘的人，果真得病死了，果真断子绝孙了。有人不信这个邪，又上山去挖塘，结果，还是死于非命；或其子女在一次车祸中丧命。这样，村里的人就相信了，除了上山采茶挖笋什么的，谁也不敢想挖塘的事了。

前些年，从山外来了一位有钱的老板，听了这个传说后，非常好奇，决定找人偷偷去挖塘。结果，老板被从山上滚下来的大石头压死了。老板没有儿子，只有一个女儿，按理说这也算是断子绝孙！

这样一来，村民更害怕了，远远地避开天塘山，就是上山采茶挖笋也不敢了。

天塘山的塘成了村民心中的痛。天塘山的咒语成了一个谜。

多年以后，我读博士学位研究生，为完成博士学位论文，突然想到了天塘山的咒语。如果把它揭示出来，那我的论文肯定会引起轰动的。于是，我对导师说出了想法。导师非常感兴趣，决定亲自带我去考察。

就这样，导师和我来到天塘山进行考察，特别是对那石碑上的咒语，走访了所有八十岁以上的老人，查阅了所有相关资料，还拜访了有关医学专家、心理学专家、社会学专家、民俗专家、动物学家，就在要结束考察的最后一天，导师和我登上了天塘山绝顶。

天塘山果然山势巍峨，绵延数十里，奇峰巨壑，雄伟壮观！

导师在山顶只说了一句话："我倒情愿相信有这条咒语啊！"

我却是感慨万端说："可考察结果却不是这样的啊！"

回校不久，博士学位论文《揭开天塘山咒语之谜》写成了，交给导师后，导师很多天也没有答复。这让我非常奇怪，实在等不住了，就去问导师。导师的桌上放着我的博士学位论文，封面已经很陈旧，显然导师翻看过好多遍了。

导师问我一个问题："你喜欢你的家乡吗？"

我非常肯定地回答："当然喜欢！"

导师严肃地要求我说："这论文通过博士学位答辩后，别拿去发表了。"

这让我非常意外："这，怎么可能呢？"

博士学位论文如果发表出来，就我而言，意味着能找到一份更好的工作，还能在学术上打下很好的基石。

表面上答应了导师的要求，等论文答辩通过后，我悄悄地投稿给一份国家地理杂志，论文很快发表出来了。

导师看到后非常恼火，他拍着桌子训斥我："你这个不守信用的家伙！你……你这辈子也别想采摘到科学的桂冠！"

我低着头什么话都没有说。我知道这个时候说什么都没有用。

过了没几天，报纸电视都来采访了，天塘山咒语之谜，就这样真正地向公众揭开了——那些因上山挖塘而死去的人，完全是意外，跟所谓的"天塘

山咒语"无关！有关断子绝孙的说法，根本没有科学依据，完全是迷信！

然而，老家的兄弟来电话说："什么迷信不迷信的，我们就是相信！"

我苦口婆心地说了老半天，兄弟不但不信，反而骂我是傻子！

回家过年的途中，我和老婆却被老家的兄弟们远远地堵在了山外，他们不让我们进山。父亲还带给我一张纸条，上面只有一句话——

"我没有你这个儿子！你永远也别回来！"

我非常纳闷儿，也很委屈，只好带着老婆回她父母家过年。年过得很没意思。

年后回学校，看到了一条让我非常震惊的消息：

"天塘山的咒语"失灵了！

天塘山毁了！

那些挖宝的人，把天塘山上的树木全给砍光了……

狼

徐均生

张老汉清楚,银狐是大山的精灵。银狐就是有也不是好对付的,必须等待时机。张老汉挖了一个雪洞,让自己的身子埋在洞里,只露出半个头,头上戴的是雪白的羊皮帽,与雪与山浑然一体。

大约到了后半夜,张老汉隐隐约约听到一阵轻微的声音,于是眼睛睁得大大的。忽然,他看到了绿绿的光,大约有一百米远。张老汉异常兴奋,悄悄爬摸过去。近了,它还不动,再靠近,还是一动不动。终于看清楚了,是一只狼,一只高大的狼。他心里那个火啊,真恨不得发泄出来!

可想而知,把狼打死,是非常简单的,但是枪声一响,银狐肯定不会再出现了。如果用刀去刺杀,那风险很大,加上狼血喷射出来,那血腥也同样会让银狐嗅到的。

正在张老汉左右为难时,那狼"嗖"地一下,向张老汉扑将过来,张老汉想都没有想,本能地抬起猎枪,就"啪"地放了一枪,那是震天动地的一枪!

狼被打中了后腿,在雪地上洒下一摊鲜血,拐着腿落荒而逃。

张老汉却是说不出来的沮丧,他心里清楚,银狐是不太可能再出来了。他索性站起来往前走,当靠近狼站的地方时,才明白了狼向他扑来的原因。原来雪地上躺着一只母狼和一只刚出生的狼崽。母狼已经断气,下体都是血,很明显是生狼崽时出血过多死去的,而小狼崽倒是还活着,但也已经奄

奄一息。

张老汉看在眼里，心里一阵一阵地抽紧，眼眶就湿润了。他连忙解下外衣，裹抱起狼崽，发现狼崽的眼睛还闭着，但充满了泪水。张老汉鼻子一酸，抱着狼崽回家了。

狼崽被抱回家后，经过张老汉的精心照料，终于睁开了眼睛，看着张老汉，竟然用嘴去舔张老汉的手。张老汉心头一热，把狼崽抱在怀里。

过了一个星期，雪融化了，儿子回家来问银狐的事，张老汉什么话都没有说，只是抱着狼崽去外面晒太阳。儿子阴着脸追出来："爸，你说话啊！"

张老汉只抬头看了一眼儿子，仍没有说话，眼睛却是湿湿的。

儿子见状，气得转身就走了。儿子大学毕业，受聘单位的领导得知张老汉以前捕获过银狐，很想要一张银狐皮。如果成了，工作的事没的说。否则，随时会变化。

张老汉从此心里一直觉得欠着儿子一张银狐皮。儿子这一年没有回过家，别人去城里遇见儿子问他有什么话要带回去，儿子却说："他不是有狼崽么，还要我做什么？"话传到张老汉耳朵里，他老泪纵横，心想，为了能让儿子回来过年，一定要去捕一只银狐回来。大雪再次封山时，张老汉带着已长大的狼崽再次上了山。

就在张老汉等待银狐出现的时候，突然从山腰里冲出一只老狼来。狼崽勇敢地迎上去。而那只冲过来的老狼长得比狼崽还要高大，一边冲过来，一边号叫着。狼崽也跟着叫唤。

就在它们快要相遇时，张老汉本能地对着老狼勾动了扳机，枪"啪"地响了，老狼应声倒下，眼睛却紧紧盯着张老汉，张老汉觉得好面熟，忽然万分惊讶：啊！它就是去年那只狼，是狼崽的父亲！

张老汉还来不及叫唤，狼崽已箭一般地向他扑来，张老汉脑海里飞快地一闪："不好！狼崽要报复我。"张老汉已经来不及阻止狼崽了，抬手就是一枪，正中狼崽的后腿，狼崽"扑"地倒地。张老汉迅速跑过去，要给狼崽包扎，狼崽却奋力站了起来，看了一眼张老汉，往山沟里一拐一拐地跑去了。

张老汉目送着狼崽远去，早已经泪流满面了，他不但误解了老狼和狼崽的父子亲近，还打死了老狼，又伤害了狼崽，他真的好恨自己啊！

张老汉拖着沉重的双腿回家了。可想而知，这一次又没有捕获到银狐。

三年后，张老汉病重躺倒在床，儿子一直没有回来看他。有一天晚上，他做了一个梦，梦中有人喂他吃东西，苦苦的，他睁大了眼睛，仿佛看见了一棵人参，一棵千年人参！张老汉突然清醒了，拉亮了电灯，眼前的一幕，真的让他惊喜交加：他的嘴边果真放着一棵人参，床前还蹲着狼崽！而狼崽的眼睛里也都是泪水。

张老汉顿时泪流满面，伸出软弱无力的手，狼崽连忙用嘴"呼呼"地舔着，张老汉欣慰地笑了。过了几天，张老汉的身体竟然奇迹般地好了。

老獾那双眼

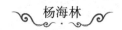

杨海林

我们这里靠近古淮河，因为人烟稠密，很少有大的野物。

但小的还是很多的——刺猬呀野鸡呀黄鼬呀狐狸呀，一不小心，就能在路上碰到。刺猬野鸡害羞，看到人，就把脑袋蜷缩到肚皮底下，或者"呼啦"一声飞走；而黄鼬和狐狸就大方多了，有时候停下来，和你定定地互相看着。

当然，它们最后会败下阵来的，朝你羞愧地笑笑，自嘲地撒一泡尿，扬长而去。

——我没说错，它们真的会笑。

就它们那毛头毛脑的小模样，朝人笑，会吓人一跳。

老獾就不笑，总是一副疑心很重的样子——我们这里，很少有专门打猎的人，所以，我总觉得它是多虑了。

说老实话，我对獾一直很好奇，总觉得它们很神秘。我学到的第一个成语是"神龙见首不见尾"，老师让我用这个词造个句子，我当时就说："獾在河滩上以花生为食，可我总是看不到它，真是神龙见首不见尾。"

老师说我造得好，可我真的很郁闷——古淮河边都是沙地，我们一般都种花生，獾喜欢吃花生，所以在花生成熟的时候每家都会支一个棚，留个人在里面过夜。

我父亲身体不好，所以去看花生地的一般都是我和我弟弟。我弟弟有点儿害怕，每次去，都会里外敲一通铜盆，想吓走獾。

但第二天一早，我家的花生地总是被折腾得不成样子——原来，獾早就识破了弟弟的阴谋，一点儿也不怕他敲盆的声音。

弟弟呼呼大睡，而我却翻来覆去，我想看看这些精灵的模样。

但总是看不清。

它们在月亮地里是黑黑的一团，勉强能看到它们像披了件棉大衣的老头似的坐着，从地下扒出一颗花生，在肚皮上蹭蹭，然后扔进嘴里，再然后，"噗"地吐出两片花生壳。

上了初中，我还在看花生地，那时就想，獾，是不是鲁迅先生说的"猹"呢——鲁迅先生都没看清过它是什么样子呢。

谁让这小东西那么不信任人呢？

但后来我却看到它们了。

我没料到有一只老獾会把洞打到我的床底下。

是我弟弟最先发现的，他睡觉喜欢侧着身，耳朵贴着床。有一天，他说地下有声音，猞猞的，像一只没膏过油的车轱辘移动时发出的，尖厉，清脆。

弟弟吓得扭头回家了。

后来我父亲咳嗽着提来了铁锹，他本来想刨出地底下发出声音的东西，可是听了一会儿就笑了。

父亲说那是獾，可能刚生了崽子。

再一听，果然是小动物发出的，哼哼唧唧，好像在找奶头吮。

"也是一条命。"父亲叹口气，回家了。

后来的几天下了暴雨，古淮河的水漫上来，我的床底下，塌了一个地洞。黑黢黢的，用手电筒一照，是一双绿莹莹的眼。

那个小东西把两只亮亮的爪子举到嘴边舔了一下，那爪子在手电筒的光亮下冰凉尖硬，可能是总用来挖掘的缘故，所以能看得出来很锋利。

"那就是獾"，父亲肯定地说，"它的脑袋上有很长的两条白道道，像戏台上的小丑。"

父亲要填掉这个洞，我没让。

我和獾就这样相处着，看它披着"大衣"出来，磕磕绊绊地在地里找花生，看它坐在我的小板凳上嗑花生仁，看它举起锋利的爪子警告我，看它那双绿莹莹的眼睛小心地提防我。

渐渐的，它一点儿也不怕我了。

冬天的时候，我们收了花生，拆了棚子，住到了家里。

有一天，弟弟又听到床底下传来窸窣的声音。

还是獾！

这只獾，就是花生地里的那一只？

它是舍不得离开我？

谁也没料到弟弟会被烫着。

我们这里的人在下冰雹的时候总是喜欢拾几粒收到瓶子里，据说烫伤的时候抹几遍冰雹化成的水，很快就能好起来。

但弟弟的烫伤面积太大，抹了几次，没好。

在我上学的时候，父亲狠狠心，刨开了我床下的老獾洞。

当我放学回家的时候，弟弟已经坐在门槛上玩了，他烫伤的地方，被布包着。

父亲说涂了獾油。

那块獾皮，他也没扔，给我做了副手套。

我戴过一次，没觉得多暖和。

因为我的脑海里总是会浮现出那只老獾的眼睛——警惕，不信任。

兽王之殇

朱耀华

看来，辛巴是无法逃脱秃鹫的尖牙利嘴了。这个曾经雄霸一方的兽中之王，此时，已经面临绝境。那只秃鹫就在辛巴的上空徘徊着，阴鸷的目光紧盯着辛巴。有两次，它甚至俯冲下来，试图对辛巴展开攻击。辛巴拖着残腿，发出愤怒的吼声，勇猛地回击着秃鹫的挑战。要在平时，秃鹫和狮子井水不犯河水，彼此彬彬有礼，它们有各自的生存法则。然而，现在不同了，这是一只伤残的狮子，它要死了。

秃鹫很有耐心，它知道时机还不成熟，于是，它重新慢悠悠地回到空中，以一种居高临下的姿态注视着自己的猎物。它知道，辛巴熬不了多久，很快，它会成为自己的腹中之物。

辛巴的两条后腿已经开始溃烂，猩红的血水洒落在身后的草地上，招来了一群群的苍蝇。辛巴想追赶自己的队伍，但它已经跑不起来了——不，它连行走的能力都已经丧失了，它是在爬。

冬天到了，动物们早已开始了迁徙。辛巴的家人也走了。为了生存，它们不得不留下了受伤的辛巴。

秃鹫显示出极大的耐心，虽然它实在已经饿极了，辛巴腿上那股腐臭的气味让它垂涎欲滴。不过，秃鹫知道，等待是必须的。那是一头狮子，即便是一头在死亡线上挣扎的狮子，它的力量仍然不容轻视。几天前，秃鹫的一

个兄弟就吃了这个亏,它迫不及待地接近辛巴。那时,辛巴已经显示出极度的虚弱,几乎处于昏死状态。它试探着走近辛巴,冷不防地在狮腿上啄了一口,哟——味道真是美极了。辛巴眯着眼,似乎没有反应,于是,它又啄了一下。那时,闪电一般,辛巴挥动了前爪。

秃鹫目睹了整个过程。它正在犹豫,准备去和自己的兄弟分享美味,幸而,它及时在空中收住了自己的身子。它看见它亲爱的兄弟被拍在地上,翅膀扑棱了两下,就被辛巴咬死了。

辛巴的队伍有十几头狮子,那些,都是它的至亲骨肉。半个月前,它们伏击了一群野牛,辛巴就是在那场搏斗中受伤的。当时,辛巴成功地捕获了一头野牛,它咬住了野牛的脖子,紧紧地咬住,直到它趴下。然而,意外发生了,旁边突然蹿出一头强悍的野牛,低着头,坚硬的牛角一下子撞击在辛巴的肚子上。辛巴飞了起来,在空中打了个旋儿,刚一落地,牛角又顶了上来。辛巴听见自己的骨头咔嚓响了两声,跟跄着滚下了一堆土丘。还好,野牛并没有追赶。那头受伤的野牛摇摇晃晃地站起来,重新回到了自己的队伍。

这时,辛巴发现,自己已经站不起来了。

谷巴——辛巴的爱人,以及它的孩子们,在辛巴的身边停留了很久。谷巴舔着辛巴腿上的伤口,用头拱着它的肚子,希望它能重新站起来。然而,所有的努力都失败了。

水尽粮绝,它们每天都在挨饿,必须去寻找食物。事实上,孩子们已经饿得皮包骨头了。它们对于食物的记忆差不多是两个月前的。那是一只羚羊。那只羚羊太小了。

于是,谷巴带着孩子们,含泪离开了辛巴。

秃鹫看到辛巴的动作越来越迟钝,就尝试着接近辛巴。当然,有前面的教训,它必须保持足够的安全距离。秃鹫开始做出一些挑衅,它使劲挥动着爪子,把地上的沙砾刨向辛巴的头上、脸上。它要不断消耗辛巴残存的体力,以促使辛巴死得更快一些。算起来,秃鹫已经耗用了差不多三天的时间,不过,它知道,所有的努力和等待都是值得的。

是的,所有的努力和等待都是值得的。

一场山火正在前面熊熊燃烧,辛巴已经无路可走。

辛巴已经精疲力尽了,看样子,它实在无法继续支撑下去。辛巴时而抬起疲惫的眼皮,它知道,面前这个丑陋的家伙在等待着,很快,自己就会成为它的腹中之物。对于一个曾经叱咤风云的狮王来说,这是怎样的奇耻大辱啊!然而,命运似乎已无可抗拒。那两条受伤的后腿在这一路拖行中,已经只剩了残桩,像两截枯老的树根。

秃鹫的脸上浮现出一缕兴奋和得意,一缕口水从它的嘴边挂下来。空气中传递着异样的气息,它的同伴们也陆续赶来,开始了同它的会合。胆大的还走近辛巴,目光中充满挑衅、轻蔑和嘲笑。

辛巴拼尽最后的力气站了起来,它的喉咙里发出了一声嘶哑的带血的咆哮。它用两条腿支撑着,站了好一阵儿,眼睛里闪耀着一缕桀骜不驯的光芒。那一阵儿,秃鹫后退了,它们警惕地看着辛巴。之后,在秃鹫们惊惧的目光中,辛巴摇晃着残躯,向熊熊燃烧的大火走去。

火势凶猛,辛巴融入漫无边际的火光里。

辛巴的咆哮仍然在大地上回荡,悲壮,激昂,苍凉,旷远。

猴山传奇

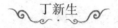

丁新生

　　单市长听完新闻科赵科长汇报后，脸马上拉长了，两眼射出寒光来，他很反感说谎的人，因此，严厉地问道："真的吗？"

　　赵科长不卑不亢地说："真的，连根猴毛也没见到。"

　　坐在沙发上抽烟的董记者看市长有怀疑，就说道："没错，你说怪不怪？"

　　单市长心中一震，这岂非怪事？堂堂的四星级景区，全国闻名的猴山，怎么会见不到一只猴？那三四千只猴子难道上天了？入地了？他想到这里，抓起电话拨通了景区管理处伍主任的手机，手机通了好一会儿却无人接。单市长有点生气，"啪"地把电话放下来。不一会儿电话铃响了，原来是伍主任把电话回了过来，单市长上了火，正准备熊他，话筒里传来伍主任的呜咽声。单市长不由一愣，忙压住火气，要他慢慢说。

　　伍主任停了好一阵才告诉他："冯长贵刚去世，正忙着处理后事，因此，刚才没有接电话。"

　　单市长听后火气一下冲上头，吼道："老冯去世咋不报告？嗯？下午给我汇报你们是如何处理老冯的后事的！"说完放下电话，可眼里却噙着泪花。

　　20世纪80年代初，市里开始建景点，老冯，这个玩了半辈子猴的农民，毛遂自荐当起了养猴的饲养员。当初三只猕猴上太行，如今二百多个猴头称霸王，三四千只猢狲戏猴山。从此，穷山恶水成了市里的摇钱树，谁见了老冯不伸大拇指？就连无法无天的众猴王都很崇拜他。

董记者曾经听人讲，山上的每个猴子都和老冯熟，也没哪个猴王敢对冯长贵龇龇牙。比如，若有两个猴群为争地盘在打架，只要听到冯长贵长鞭啪啪甩三下，众猴好似小鬼见钟馗，拼着小命逃上山，猴王几天不敢见冯长贵的面。一次老冯不在家，有两群猴子闹起了事，老冯的徒弟小康像师傅那样甩起了鞭，尽管鞭声震天响，可两群猴不买账。老冯回山闻听此事后，决定杀鸡给猴看。他威风凛凛地朝山坡上一站，把指头含嘴里，只吹了三声哨，二百多个猴王似将军听到元帅的令，立即带领部属下山来。那两个带众斗殴的猴王躲在群猴最后边，头不敢抬，满脸发白。老冯一声吆喝，两个猴王颤抖着走过来，他用脚在地上画了两个圈，威严地用鞭杆指了指，两个猴王老老实实地进去蹲了半天牢。

类似这样的事很多，人们都称老冯为猴王的太上皇。董记者怀疑人们瞎胡吹，才叫上新闻科长一块上山搞暗访。

下午，伍主任向单市长汇报。他说："老冯前天一早，和徒弟们到半山腰喂群猴，忽然摔倒在地，抢救了两天，上午老冯离开了人间。"

说着眼睛又红了。

单市长叹了一口气，说："明天我参加老冯追悼会。哎，上午，董记者上山为啥没看到一只猴？"

伍主任说："自从老冯住了院，这两天，群猴就没下过山，喂它们的花生、玉米花堆了十几堆，也没一只猴子看上一眼。"

其实，这两天，他接到不少游客投诉，因忙老冯的事，就把它搁起来了。

追悼会会场设在半山腰一块平地上，黑色的幕布上挂着冯长贵的遗像，山花、挽联、花圈摆满了会场。九时许，追悼会开始了。

当那沉痛的哀乐响起时，突然，周围山头上响起猕猴的哀鸣声，似春雷，赛狂风，既凄厉，又悲痛，声声震荡在太行山上空。不一会儿，三四千只猕猴犹如山洪滚滚冲下山。群猴的悲鸣声，一下把那沉痛的哀乐声压下来。参加追悼会的人们谁见过这种场面？个个都被吓呆了。时间不长，群猴铺天

盖地地朝会场拥过来，当看到灵堂上挂着老冯的遗像时，二百多只猴王率领它们的部卒纷纷伏在地上嚎起来。

追悼会一下子被群猴搅乱了，主持追悼会的伍主任不知议程怎么往下进行。单市长望着此情此景，眉头紧皱，在思考着什么。赵科长早已冲到单市长面前，虎视眈眈地注视着群猴，随时要保卫首长安全。董记者兴奋地拿了价格不菲的数码相机，把这宏伟、感人的场面拍了下来……

海雕斗恶狼

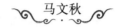

马文秋

那年我还在上初三。六月的一个星期天,我约了同班几个同学一起去帽盔山游玩。我们满头大汗地爬上一座山峰后,却发现只是到了半山腰的一个平台。突然,郑小东叫道:"嗨——快看,有一只狼!在那儿!"

我们忙顺着他指的方向眺望,只见垂直的崖上伸出一块很突兀的岩石,分明有一只狼正在上面匍匐而行。我们非常兴奋,毕竟能见到野兽的机会已经不多。更令人称奇的是,它是怎么爬到那上面去的呢?岩石有几十米高,距崖头也有四五米。它上去又想干吗呢?"扑棱棱——"有两只雏雕在岩石上飞起来,可只飞了两米多高,又落了回去。那只狼恶狠狠地扑上去,轻而易举地把两只喙还黄嫩的雏雕咬死了。

狼正在舔嘴边的血迹,忽然天空中飘来一团黑影,仔细看,是一只大虎头海雕!它的身子有一米多长,而双翅伸展,将近三米。它的羽毛是黑褐色的,闪烁着金属般的光泽,威风八面,令人惊叹。听说虎头海雕是国家一级保护动物,数量稀少,今天能看到野生的,非常幸运。当然,在惊喜之余,我们也有一丝畏惧,它的确是太大了。

那只恶狼发现了大雕,立即顺崖头垂下的几缕藤蔓向上爬去。原来它就是顺藤条下来的,真是诡计多端。大海雕见孩子已被吞吃,心疼地"嘎嘎"大叫起来。

虎头海雕虽是嗜杀的猛禽，但在抚育幼雏期间，却充满了爱心，每天不辞劳苦地捕鱼喂孩子。好不容易孩子长大快会飞了，却被恶狼咬死，它能不怒火中烧吗？大海雕振翅扑过去，恶狼虽发现了，但根本没能做出反应，钢钩般的雕爪已抓住它的脖颈，向后一甩，爪尖深深扎进肉里！

虎头海雕是以食鱼为主的雕类，首先它的视力极强，能在高空发现水下面鱼类的活动。这对人或其他动物来说恐怕是不可想象的。确定目标后，它能炮弹般快速俯冲，扎进水里，双爪抓起一条几斤重的鱼。说起来简单，做起来可得靠真功夫。动作稍慢一点，鱼早就沉底或跑掉了。海雕的速度之快可想而知。

此刻，这只大海雕便使出了拿手绝技，对付这只恶狼。看来大海雕报仇心切，非亲手杀死这只恶狼不可！

我们虽未看清，但都大声为海雕叫好。恶狼并不服输，拼命挣扎。海雕一不做二不休，双翅稍慢但强有力地拍动，地上飞沙走石。那狼竟被它双爪提离了岩石，身子完全悬空，太不可思议了！要知道狼的体重有三四十公斤，而海雕看着大，体重却不过十公斤。平时它最多抓起过野兔和狐狸，今天真是超水平发挥了。

海雕一鼓作气，把恶狼拖着飞升了十几米。它的用意十分明确，就是把狼扔到崖下，活活摔死。狼自然也明白。它惊恐万状，浑身抽搐，再也凶恶不起来了。海雕见下面无遮无拦，终于松开双爪。几十米高，下面是坚硬的石头，恶狼马上就要变成我们身边的一摊肉饼！我们躲到一旁，闭上了双眼，当我们再次睁开眼时，却没在地上找到肉饼。恶狼竟还悬在半空中！用它的大嘴咬住了一只雕爪！

估计是恶狼在海雕即将松爪的刹那，孤注一掷奋力转身咬住了雕爪。是这样吗？无从查证。我们为那一瞬间的闭眼遗憾至今。眼下，情势发生了逆转，恶狼又占据了主动。它的利齿可咬碎粗硬的牛骨，咬海雕的腿自不在话下，一切全在于它是否愿意用力了。海雕本能地低头啄狼，可雕腿被拉得很长，而且它稍一用力，身子立刻失去平衡，直线下坠。连啄几次，海雕便下降了七八米!

高度对狼的威胁越来越小,这正是它巴不得的局面。一旦海雕坠落在地,对狼就更有利了。它是走兽,在地上搏杀可谓勇不可挡,依靠自己的实力,几下就能把海雕咬死。同时,海雕的翅膀已是摆设,速度和冲击力再也发挥不出来!

眼看胜利在望,恶狼兴奋不已,两眼直冒光,若不是占着嘴,真怕会连声快活地嚎叫起来。它的嘴巴咬得很结实,但不会把雕爪咬断。雕腿很粗,完全经得住它的重量。双方在半空僵持起来。狼是以逸待劳,而海雕却是拼尽全力在坚持,它的体力在迅速消耗,随时可能一头栽下!谁能帮助那可怜的老雕?难道恶狼注定在光天化日之下"逍遥法外"?我们无能为力,只能呆呆地观望着,祈祷着。

大海雕又缓缓向上升去,看得出它使出了最后的气力。现在又距地面很高了。这个高度足以让狼胆寒。可是又有什么用呢?老雕气喘吁吁,看上去已是精疲力尽……

接下来的一幕是我此生见到的最悲壮最惨烈的场面:海雕用它那只自由的爪子,在被恶狼叼住的腿的根部用力一划,锐利的爪尖划破皮肉,本已绷得很紧的腿根立即应声撕裂,那条腿活生生地从身上分离下来。恶狼惨叫着向下坠落。一声闷响,鲜血四溅!失去一条腿的海雕也是鲜血直流,惨状空前。不过,它终于目睹了恶狼的死亡,为自己的孩子报了仇。它凌厉而快活地鸣叫着,在我们头顶盘旋几圈后,便吃力地向远山飞去。鲜血雨点般洒落,溅了我们一身。

我们几个紧紧依靠在一起,脸色惨白,瑟瑟发抖,再不敢往空中看。甚至在下山的路上,我们都没怎么说话。

许多年过去,那震撼人心的一幕幕依然强有力地震撼着我,每当杜鹃花盛开的季节,我都会跑到帽盔山中,看看风景,并且怀着朝圣般的虔诚,祈望再见到那只海雕,那只独腿海雕。它还活着吗?

雪山上空的生死搏斗

❦ 马文秋 ❧

阿勒是个出色的捕鹰人。一进入冬季，阿勒就开始捕鹰。

每次捕鹰，阿勒总是爬到西边高高的山麓上，把肩上的支架立起来，再打开背包，把一大块帆布放置在上面。随后，他在帆布中央凹下的地方放了不少新鲜带血的动物内脏，再扯开一张渔网盖住。一切准备就绪后，他钻到帆布下面。等上十几二十分钟，一个棕灰色的影子就会出现在高空，并迅速逼近。一会儿，它会经受不住诱惑，落在帆布上。它一个劲儿地啄食，使劲地吞咽。就在这时，帆布突然一抖，它发觉情形不妙，发出"嘎嘎"的尖叫，想逃时，已经来不及了。顷刻间，鹰便被帆布包了个严严实实。

这天，阿勒耐着性子在帆布下面等了一个多钟头，也不见有鹰来。就在他想出来活动一下身子时，只觉得天上一暗，一团黑影在头顶盘旋。终于来了！阿勒热血沸腾，严阵以待。很快，鹰冲了下来，在他的头顶一啄，也许是用力过大，竟把帆布啄了个洞。

不会是金雕吧？想到金雕，阿勒身上马上起了一层鸡皮疙瘩。捕鹰人都知道，金雕是猛禽中最大最凶猛的一种，它能把几十公斤重的猎物活捉，然后抓到空中扔下来摔烂，再俯冲下去啄食。一般人是不会与金雕作对的，除非他吃了豹子胆或者活得不耐烦了。不过金雕在这里并不常见，所以这很可能是一只巨鹰。阿勒不由兴奋起来，因为巨鹰能够卖个好价钱呀！

此刻，巨鹰又在帆布上啄了几个洞，肆无忌惮地吞吃着动物的肠子。也许是渔网让它感到很麻烦，于是双爪不住地往下蹬，试图站稳。眼见它只顾吞吃，爪子穿洞而入，阿勒抓住时机，猝然出击，一下抓牢了它的脚腕，并使劲往支架里拉。只听它"嘎嘎"几声尖叫，双翅快速扇动起来，霎时冷风飕飕，帆布直打阿勒的脸。阿勒闭上眼睛，手上用劲，越抓越紧。

不对，怎么飘起来了？阿勒睁眼一看：妈呀，已离开地面数米了！

当务之急是赶快跳下去。可是，没几秒钟，巨鹰又升高了几米，这个高度足以摔死人了。阿勒害怕了，只能用力抓住巨鹰的爪子。更要命的是，帆布正好包在他的头上，他看不清这只巨鹰究竟有多大，为何有如此大的力气。

巨鹰见甩不开阿勒，便试图用嘴啄他。阿勒猛觉肩上结结实实地挨了一下，疼得钻心。阿勒告诫自己，再疼也不能松手，否则就没命了！

突然，巨鹰加快了速度，向一面垂直的石壁冲去。"难道它想和我同归于尽？"谁知巨鹰在即将撞上石壁时，猛地停住了，而阿勒由于巨大的惯性，像被一股不可抗拒的力量推动，直向坚硬的石壁砸过去。这一切来得太突然了，阿勒惊得目瞪口呆，想躲闪已经来不及了。他只得伸脚借势在石壁上一蹬，同时身子一缩，缓冲了一下。但阿勒仍被撞得全身疼痛，骨头"咔咔"作响。见目的没有达到，巨鹰故技重演，多次向石壁撞击。阿勒的手心已被它粗糙的角质层磨破，那种疼痛简直无法形容。但是，阿勒始终没有松手，他知道稍不留心，自己就将小命不保！

巨鹰终于气馁了，气急败坏地向下飞去。阿勒松了口气："再坚持一会儿，等它精疲力尽了，我就胜利了！"

可是，容不得阿勒多想，巨鹰又猛飞起来，速度奇快。阿勒拼命从帆布中探出脑袋，定睛一看，不由倒吸一口凉气。原来，前方有一个孤立的锥形山峰，峰尖上还有一块突兀的巨石，形似柱子。巨鹰正向那柱子的顶部飞过去。阿勒傻了眼："巨鹰将擦石而过，而自己呢？即使自己缩成一团，也难免首当其冲，撞得稀烂！"

在很短的时间里,阿勒想得最多的,是在这场人与鹰的较量中,自己将是一个可悲的失败者。不过,就在他像一片树叶飘向石柱的瞬间,阿勒决定做一个尝试。只见他猛然松开了手,他的身体借着惯性又前进了几米,正好落在石柱上。多半米或少半米,结局都是不可想象的!

阿勒紧紧抱住几条棱角。虽然那撞击和摩擦令他肝胆欲裂、皮开肉绽,但他仍然激动得掉下了眼泪。

再看那巨鹰,因为少了一个沉重的负担,身子猛地向上一飘。可只一会儿,它又折了回来,盘旋在阿勒的头顶。而阿勒,这回总算能够近距离地打量这个庞然大物了。只见它的身体至少有一米五长,双翅伸开,则有四米左右宽;嘴巴粗壮,前端带钩,一双圆眼放射出凶光。

"天啊,这是一只金雕!"阿勒睁大了恐惧的眼睛,缩身后退,一不留神,跌入了万丈深渊……

赞 达

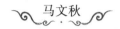

马文秋

　　那年,我随援藏医疗队进入藏北地区,为散居在高原上的游牧藏民提供医疗服务。六月的一天,队里派我和一个同伴去最偏僻的木孜塔格山,为几十户藏民注射疫苗。由于同伴身体不适,我带上两天的食品骑上赞达上路了。

　　赞达是头六岁大的牦牛,我骑它已有几个月。牦牛号称"高原之车""冰河之舟",是青藏高原主要的传统交通工具,能背负重担在极度缺氧的冰天雪地长途跋涉。我曾跟朋友们夸耀:"只要骑着赞达,青藏高原没有我不敢去的地方!"

　　遗憾的是,那几天气温偏高,高原的冻土融化,地面开始翻浆,路有些难走。赞达不怕冷但怕热,这泥泞的路面使它相当狼狈。两天过去,我们只走了一半路。在无人区的腹地,我断炊了。晚上露营时着了凉,我不幸又得了感冒。

　　那天早上,我又累又饿,脑袋像戴了紧箍咒,实在没有力气爬起来。赞达在附近转悠着找吃的。大概十点钟,我看到天空中飘过来一个黑影,是一只胡兀鹫!它两翼伸展,足有三米多,身子也有一米多长,模样相当吓人。

　　它在低空盘旋一会儿飞走了。二十分钟后,又引来十几只胡兀鹫,"嘎嘎"叫了几声后便降落到了地上,慢慢向我靠拢。它们要干什么?从那冷酷

贪婪的目光中我蓦然明白,它们是冲我来的!我当即惊出一身冷汗,挣扎着欠起了身子,喘着粗气喊:"滚开!我是个活的,不是尸体,快滚开!"

胡兀鹫受惊退了几步,但并没飞走。这是在无人区,它们可不怕人。尤其看出我极度虚弱,根本没有反抗能力,很快它们又"嘎嘎"怪叫着逼了上来!

我简直快吓瘫了!双手摸索着想找件武器,可地上除了烂泥什么也没有。我只能用毛毯裹住身子。一只胡兀鹫按捺不住,跳起来一下就把毛毯扯了个口子。其余的胡兀鹫也争先恐后乱抓乱啄一气,将我的毛毯撕得稀巴烂。因为大腿被抓破了,我不禁恐怖地高声尖叫:"赞达,你在哪里,快来救我!"

喊声未落,我猛觉身后蹄声隆隆,一定是赞达!它发现险情,狂奔着过来救我了。本来它离我不远,大概昨晚为保护我太累了,刚刚打了个盹儿。它的来势猛烈无比,裹挟着一股劲风!

胡兀鹫们纷纷狂叫着扑腾起来。赞达庞大的身躯立马从我头上越了过去,几只未及飞起的胡兀鹫被撞倒了。我的心底涌起一股暖流,这回有救了!

已闻到血腥味的饥肠辘辘的胡兀鹫岂肯放过嘴边的美食?在半空盘旋一阵后,又试探着向我冲击了。赞达不停地在我四周和上方跳跃着,拦挡着。

眼看无法取胜,胡兀鹫一起飞向高空,呼唤同伴来增援。

趁这个机会,赞达用嘴拖着我向前疾走——此刻我已没有一丝力气爬上它的脊背——来到几十米外一个洞穴边。那是棕熊冬眠留下来的,现在是空的,完全可以容我藏身,赞达小心地将我放下去。它的举动让我感动得几乎掉下泪来。

赞达没敢久留,转身往回飞奔。片刻间几十只胡兀鹫黑压压地从天而降。我趴在洞边眺望,惊得目瞪口呆!它们恨透了赞达,立即发起凶猛的攻击!为了不暴露我,赞达四蹄腾跃,拼命向前狂奔!残忍的胡兀鹫在它身上狠狠抓扯着,抓出了一些血口子。幸亏它的皮很厚很硬,否则早皮开肉绽了。

赞达跑出了足有二百多米,才停下来。这时,胡兀鹫已像吸血鬼一样落满了它全身。赞达好像已无牵挂,气吞山河般吼叫了一声,猛烈地扭动身子,力图摆脱胡兀鹫,可惜效果甚微。我远远地望着,心急如焚。

赞达并没有气馁,稍作停顿后,它突然侧身摔在地上,并接连翻滚起来。这下它身上的胡兀鹫可吃不消了,被整治得狼狈不堪尖叫成一团。见这一招儿奏效,赞达索性不再起来,就躺在地上,不时翻滚几下。

望着苦斗的赞达,我心潮澎湃,不能自已。它的确是太忠勇了!

若说我对赞达有什么恩情的话,就是有一次它得了一种怪病,差点儿送了命。在几乎看不到希望的情况下,我和医生坚持给它治疗。最后它竟奇迹般痊愈了。可我没想到,在这生死攸关的时刻,赞达能如此舍生忘死地救护我!

此后的岁月里,每每回顾起无人区的遭遇,我常常陷入沉思。在艰难的人生之旅中,我们能有幸遇到几个如同赞达这样忠勇的朋友?

今天的我已然知道,如果我真的有两条命,我决计把余下的那条命好好保留,奉献给家人和朋友,直到天长地久。这一切,就让上天作证吧。

村　子

曾　平

村子很小，由很多树抱着。树很高大，有些年月了。

一天，来了很多人，山外的。山外的很多人提着斧和锯要来砍树。他们手里拿着很多钱，准备按树论价。

村子里的老族长站出来，挡住了他们。

山外的人说："山外很多人都在砍树，树可以卖很多的钱！"

有去过山外的村人，站出来附和说："就是，就是！山外的人都在拼命砍树挣钱！"

老族长不让砍。老族长说："他们是他们，我们是我们！"

山外那些来砍树的人说："钱，你们不喜欢？"

老族长说："喜欢。"

"喜欢为什么不要？"

老族长说："不要！"

"你们要什么？"

老族长说："要树。"

老族长说："没有树，谁陪我们？"

一天，来了好多山外的人。他们提着渔网，准备去溪水里捕鱼。他们对村里的人说："你们发大财了，山外已经没有这种鱼。这种鱼能卖很多很多的钱。"

他们手里握着一沓沓的钱。有去过山外的村人，对老族长说："山外的人把这种鱼都抓得差不多了，他们挣了好多钱！"

老族长说："他们是他们，我们是我们。"

老族长不让捕鱼。

山外那些来捕鱼的人说："鱼可以卖很多的钱！"

老族长说："不要钱。"

"你们要什么？"

老族长说："要鱼。"

老族长说："没有了鱼，谁来陪我们？"

一天，来了好多山外的人。他们扛着大捆大捆的钞票。他们准备来村子开矿，建工厂。他们对村里的人说："你们发大财了，山外已经没有这种矿了。开矿建工厂，可以赚数不清的钱。"

有去过山外的村人，对老族长说："山外到处都是工厂，他们挣了好多钱！"

老族长说："他们是他们，我们是我们！"

老族长不让开矿不让建厂。

那些带着资金来的人急了，说："开矿建厂可以赚数不清的钱，难道你们不要钱？"

老族长说："不要钱。"

"你们要什么？"

老族长说："要村子。"

老族长说："村子没有了，我们住哪里？"

一天，有人发现了这个村子，惊呼："世界上居然还有这样一个村子，和几十年前一模一样！你看那些蓝天白云，那些山和树，那些水和鱼，那些鸟和人！"

于是，山外不少的人再次带着资金来。他们对村里的人说："你们躺在

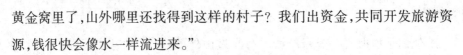

黄金窝里了,山外哪里还找得到这样的村子? 我们出资金,共同开发旅游资源,钱很快会像水一样流进来。"

有去过山外的村人,对老族长说:"现在该我们发财了,山外那些风景,哪里叫风景啊!"

老族长不让开发。

那些带着资金来的人急了,说:"开发旅游可以带来滚滚财源啊!"

这次,连村里的人也急了,说:"老族长,开发旅游就是让山外的人来看看,然后我们收他们的钱,有什么不好吗?"

老族长说:"村子没有了,我们住哪里?"

村里人问:"村子会没有?"

老族长说:"你们去山外看看,还找得到村子吗?"

一只羊

曾　平

羊悠闲地啃着刚从泥巴里探出脑袋的青草，它根本不知道危险已经降临。

"玉河农家乐"一早迎来了一批客人。客人是冲那块招牌来的。招牌刚挂不久，阳光下，还闪烁着熠熠的光芒。招牌上的文字告诉客人，这家"农家乐"正在开展点杀家禽家畜的生意。

客人背着猎枪。他们一来，就告诉店老板，他们自己动手，按实算账，价钱，往高限上算。

店老板求之不得，只要出钱，任你怎样折腾都行。鸡啊，鸭啊，鹅的，早从农户那里买过来，放在院落里，还零零星星地撒了一些稻谷。鸡们，鸭们，鹅们，哪里知道主人的意思，非常惬意地争抢着那点难得一见的奢侈品。

客人的猎枪立刻瞄准了院落里那些欢乐地吃着稻谷的鸡们，鸭们，鹅们。

枪声接连不断。

鸡们，鸭们，鹅们，立刻惊慌失措，飞的飞，叫的叫，跳的跳。羽毛在院落里狂飞乱舞。惨叫声接连不断。鲜血染红了院落。鸡们，鸭们，鹅们，全倒在枪口下，尽管有些脑袋和腿脚还要做一些临死前的挣扎，却发不出呐喊了。连店老板也呆在那里，他还是第一次遇上这样的生意。早有人群向开

枪者包围过来："董事长好枪法！"

开枪的中年人矜持地笑笑，指着那些战利品，对店老板说："把它们收拾了，中午好好喝酒！"

店老板早已回过神，也接连不断地恭维起开枪者的枪法。

立刻就有伙计跑过来，忙着收拾那些战利品。

开枪者像一位大功告成的将军，非常矜持地望着广袤的天空，起伏连绵的山峦。天空蓝得没有一丝云彩，只要眼睛不疲倦，似乎连宇宙都能看得一清二楚。山峦装点了数不清的绿色，让开枪者的心情一下子就青枝绿叶起来。

就在这时，开枪者看到了院落外边坡地上那只悠闲地啃着青草的羊。

开枪者不容置疑地对围在他身边的那些人说："我请你们吃烤全羊！"

所有的眼睛都集中在那只羊身上。羊对院落里发生的事情浑然不知，它悠闲地啃着那些肥美的青草。

开枪者提了枪叫店老板随自己往山坡上走。那些围着他的人立刻紧随其后，怕走掉了似的。

店老板很快知道开枪者的意思，他经过一番深思熟虑后，字斟句酌地对开枪者说："知道老板喜欢打猎，但实在对不起，山坡上那只羊不是我家的。"

开枪者不屑一顾地说："给钱不就得了！"

跟在后面的人立刻拿出好几张百元人民币，要店老板快些把羊的主人找来。

店老板接了钱一阵风似的跑了。看着店老板那个样子，酣畅淋漓的笑声迅速在山坡上响个不停。

羊的主人很快被店老板找来。是一位老太婆，头发花白，还有些凌乱，显然正忙着什么农活。店老板解释说，他们家儿子儿媳都去城市打工了，就老太婆一个人在家带孙女。

开枪者一边把玩着猎枪一边对老太婆说："我们买那只羊。"

显然，店老板已经给老太婆说了一些话。老太婆说："你们要杀它？"

开枪者说:"老人家,我们只谈买羊,杀不杀是我们的事。"

旁边的随从附和说:"给你双倍的钱。"

开枪者对随从的附和很不满意,说:"老人家,你说一个数,钱,好商量。"他今天心情很好。

老太婆说她的羊不卖。她喘着粗气,径直走到羊身边,挡在开枪者前面。显然,她怕那人杀了她的羊。

开枪者笑着,很亲切的样子,说:"老人家,没有你的同意,我不会动你的羊。"

开枪者很有耐心地把玩着猎枪,说:"老人家,养羊不是换钱?"

老太婆说:"是换钱,但我不卖给你。"

开枪者说:"我出三倍四倍五倍的钱,可以买好多只羊了。"

老太婆护着她的羊,不搭话。

开枪者很有耐心,时不时地,还把枪往羊身上瞄。开枪者说:"为什么不卖给我?"

老太婆说:"你要杀它。"

开枪者说:"羊不能杀?"

老太婆说:"它怀有羔子。"

开枪者说:"那好办,把羔子算成大羊。"

老太婆一言不发,抚摸着她的羊。

开枪者说:"羊羔子长大了还不是要换成钱,羊羔子长成羊还不是要杀了吃肉。"

老太婆说:"那不一样。"

那些随从,忍不住,问:"怎么不一样?"

老太婆抚摸着她的羊,不搭话。

店老板打圆场说:"干脆换一只,走几里山路,还有人家养羊呢!我马上就可以去,一眨眼工夫就回来了。"

开枪者摇着头,不容置疑地说:"不用了。就这一只。"

然后拉出一沓百元大钞,要老太婆数数。他相信,只要出钱,没有办不成的事。

老太婆不看他的钱,不说话,自个儿牵着羊,往山沟里走,那儿,青草儿更加茂盛鲜嫩。

羊似乎知道老太婆的心思,欢喜得咩咩地蹦跳着,随老太婆去了。

买鸟的结局

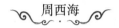

周西海

翠屏山景区一家"农家乐"的小楼上住着一位作家。作家在写一部长篇小说《善与恶》。

傍晚时分。作家沿着涓涓小溪，悠闲地观赏着两侧的山花野草，闻听着枝头上的小鸟啼鸣。迎面走来个小孩，赤脚、光背，黑黝黝的皮肤，手里提着一只小鸟。小鸟被一根白色的棉线拴着腿，另一条腿歪倒在一侧，展起一双翅膀，不住地挣扎抖动。

"小朋友，在哪儿捉的鸟呀?"作家挡住了小孩的去路。

小孩仰着脑袋，眨巴着眼睛说:"在山坡坡上。"

作家蹲下身子，伸手把小鸟抓在手里。鸟儿比麻雀略大一点，蓝莹莹的羽毛，金黄色的脖颈像戴了一只项圈儿。红嘴、红腿、黑眼圈，是一只十分美丽可爱的小鸟。小鸟在作家的手里扑棱两下，滚动着溜溜的小眼睛，"啾啾"叫了一声，似乎是向作家求救。

小鸟纤细的腿，已被绳子拴捆得浸血了。这个小生命，作为孩子的猎物必死无疑。作家心里想，若让孩子释放了小鸟，孩子是不会答应的。于是，作家对孩子说:"把你的鸟卖给我好吗?"

孩子望着作家，疑惑地没有吱声。

作家又说:"卖给我吧，卖了钱买糖果，买作业本。"

孩子一脸灿烂地点了点头。

于是，作家让孩子帮他解下拴在小鸟腿上的棉线。刚刚解下，作家握着小鸟的手轻轻一松，小鸟猛地挣脱一下，哧溜一声飞跑了，飞落在路旁的核桃树上。

孩子望一眼树上的小鸟，冲着作家泣声地说："都怪你了！你还我钱！"

作家微微地笑道："好，好。"随手从口袋里掏出钱包，翻找出一张五元纸币递给了孩子。孩子先是一愣，接着露出一副惊喜的笑脸，哈哈，一只小鸟就卖了五元钱。孩子为捉鸟获得了丰厚的效益而分外高兴，捏着五元钱一蹦一跳，又如一只小鸟似的飞走了。

此时，树上的小鸟，欢叫着"切切啾啾"，仿佛对作家感激地说："谢谢，救救。"

第二天中午，作家在小楼上，聚精会神地伏案正写他的《善与恶》，楼下传来一阵熙熙攘攘之声。作家仅听到"农家乐"主妇大嫂的一声呵斥："别吵吵，人家正在写书！"楼下立刻就安静了下来。

吃午饭的时候，主妇大嫂一脸正经地问作家："你要买鸟吗？"

作家眨巴着眼睛愣住了。

主妇大嫂苦笑一声说："早上，一群孩子娃说你要买鸟，他们结伙爬坡攀树地堵鸟窝，一夜里捉了十多只'蓝翠'拿来了。我让他们放跑，他们说你要买鸟，还给他们五块钱一只呢。我怕影响你写书，让他们下午再来。咋的，你要自个养呀？还是送朋友呢？"

作家一听，蒙了。频频地晃着脑袋，苦苦地叹了一声，自言自语地说："我是进庙拜佛，磕一个头放三个屁，行善没有作恶多呵！"

"嗯？……"主妇大嫂眨巴着眼睛犯迷了。

老人与麻雀

盐 夫

"那一对麻雀来时,大约是在穿裙子的季节。"父亲给小天讲麻雀故事时,总是这么开头。

小天是我与米雪的孩子。

"女孩子冬天还穿裙子的呢,这是指哪个季节?"

父亲就说不清了。父亲就被米雪问倒了。父亲只得改口说:"可能是春末夏初。"

这话也没个准头。父亲脸很红。父亲以前可不是这样的。看来父亲老糊涂了。父亲说,他没糊涂,以前街边有很多大树,春天发绿,秋天发黄,一看树便知时节了,现在没了树,他咋知道?

父亲还有理!

鱼龙街曾有很多大树,前两年扩建时都被砍了。

没有大树就不知季节了?这不还是老糊涂了?把孩子都教得四季不分了!

鱼龙街没了大树木,但有豪华的路灯,可鸟儿不喜欢这些路灯,它们不再来鱼龙街了。大鸟不来,甚至连麻雀也来得少了,变得稀罕了。父亲所说的那一对麻雀,在鱼龙街留下来,是个例外。

那对麻雀第一次出现在窗台上,出现在父亲的花木盆景上时,父亲说:

"是一个好兆头啊!"

但这个好兆头没有给父亲带来好运,父亲的腿倒是因为麻雀骨折了。

麻雀来后,父亲就想着它们永远留下来。父亲在阳台上摆了很多红虫子与谷米,还绑上了一些枯树枝。麻雀果真就留下来了,飞上飞下,看得出父亲很高兴。

可不久父亲又不高兴了。父亲说:"有一只麻雀失踪了,剩下的那只,很伤心啊!"

背地里米雪说:"这老头子还真多愁善感呢,一个老神经病啊。"

没两天,父亲又笑开了,他说:"又来了一只麻雀,这只比失踪的那只好,俩麻雀感情特别好。"

说着,父亲突然用手指向窗外。

抬头,我看到了一幅很美的画面:一只麻雀骑在另一只背上,双翼在风中舞动。

父亲可真有意思!

之后,我去沙家浜出差了。再回来时,那一对麻雀还在,他们依旧跳上飞下。它们与父亲很亲热,甚至停在父亲的手掌上吃米。而对我却很警觉,目光随我的脚步而移动。我知道了——麻雀窝一定就在附近,而且产蛋了。

这么一说,父亲担心了。父亲问:"他们的窝能安好么?"

父亲的担心有道理。我们这幢楼,有坚硬的混凝土墙壁,有完美的外表装饰,更有先进的防盗体系……麻雀习性父亲是知道的,这种没洞没眼的环境,麻雀安家是很困难的。乡下草房子最适合麻雀做窝,屋檐下、墙洞内都藏有麻雀窝。孩子们上房一伸手,准有一窝麻雀蛋。城里的麻雀窝做在什么地方呢?

父亲这样唠叨着不说,还张罗着要在墙外挂个木盒子。父亲的想法越来越孩子气了。

米雪说:"麻雀的事,用不着你操心! 把小天接送好!"

小天在幼儿园上学,每天都是父亲接送的。那天放学路上,小天脑门上磕了一个包。

父亲哑口。

有一天，米雪拿着报纸说："气候异常，全国许多城市都出现了罕见高温，广州四十摄氏度，郑州三十九点五摄氏度，长沙三十九摄氏度，这个夏天……"

我懂米雪的意图——空调机。三室一厅的居室，只在父亲房间挂了空调机，其他的都暂缓。为什么呢？我诳米雪说，空调有害健康。其实真实的原因，是我被房贷拖垮了。米雪既然这么说了，我就只得考虑再装一台空调机了。

安装前，把塞在空调孔道里旧毛巾拉出来时，突然飞走两只麻雀。

父亲认识那两只麻雀，他像孩子那样拍着手说："就是那两只，肯定是那两只！"

那两只麻雀没有飞远，它们停飞在空中，向空调孔道这边鸣叫着。

向孔道里看去，有毛绒绒的棉絮。是一个麻雀窝。窝里卧着五只麻雀蛋。

我对米雪耸耸肩。

米雪说："把窝捣了！"

父亲忙过来说："不能，不能啊！"

"这大热天让麻雀过，不让人过了！"

"老人不怕热。要不，我们换房吧！"

这是一个最炎热的夏季。父亲不是不怕热，其实他很怕热。两台电扇对着吹，父亲还是大汗淋漓。这样的高温是预知的，父亲本是可以用另外一种方式度过的。

这样的选择，父亲没有怪谁，他依然笑呵呵地说："值，图个乐子，图个人鸟和谐嘛。"

然而，父亲所做的一切都等于零。该是小麻雀出世的日子了，可是窝里没有动静。甚至有一天，那对麻雀也失踪了。天空上，再也没有那对麻雀的踪影。

父亲很着急,他要亲眼看看原因。他就爬上梯子,掏出塞孔的旧毛巾。好在那五只麻雀蛋还在。可父亲还是失望了。蛋壳表面上是好好的,可手一碰却都变成碎末了。

死胎。

父亲愕然。

那一刻,从梯子上,父亲就跌下来了。

炫　车

盐·夫

我曾在4S店做过汽车销售员。

草原上老牧民巴音的越野车就是那时买的。从前草原上沙尘暴多，现在退耕还林，以经济林拉动治沙工程后，生态与植被好转，出现了大片沙柳、沙棘林与草场，沙尘暴已不多见了。即便这样，老牧民巴音还是要选择一个阳光更灿烂，风儿像丝绸一样轻柔的好日子，与老伴儿高娃坐上马车一起来到城里。

那一日，天气的确很好，但老牧民巴音的运气一点也不好，进了城就被警察罚了款，内心很窝火。巴音不是心痛罚金，而是对警察的处罚很不服，一路上嘀咕不休："啥时闯红灯了？红灯在电杆顶上，跳起来还差好几米远呢！"有人听到巴音的嘀咕就"噗噗"笑，巴音就更生气了，啪，甩了一响鞭，马就"得得"跑开了。巴音与马车到达4S店时，已是后晌的事了。他把马儿系在店旗杆上，从车厢里甩下一只旧麻袋。巴音的马儿不习惯城里的生活方式，笼头套子还没卸下，尿液就"哗啦啦"湿了一片地。保安哈尔巴拉挥着电棍上来了，吼叫着让巴音把马儿牵走，还指着巴音威胁说，若巴音嘴巴再硬上一句，电棍就打马屁股了。草原上牧民都是硬汉子，狼群都不怕，还怕什么电棍，巴音与哈尔巴拉就你一言我一语斗起嘴来了。

我从没见过胡须花白的巴音，但一眼就知道巴音不同于一般的牧民，巴

音的麻袋里一定不是地瓜或者收来的旧酒瓶……

我出来了,我先给保安哈尔巴拉敬烟,谎称巴音是远房表叔,然后把水泥地面拖洗得干干净净。这样,我就取得了巴音的信任。

巴音指指麻袋说:"就买你推销的车子了。"

麻袋里,果然是一袋人民币。

老牧民巴音的生意可是个大生意,他一次就买下两辆越野车。巴音买车也不讲究,就是要动力强,四轮驱动,适合在草原上开的那种车就行,但有一个附加条件——骑马、打猎、放牧巴音是好把式,种沙柳、沙棘也是能手,但他不懂驾驶,他的两个儿子会开车却又都不在草原——4S店得有人把车送到草原上。

巴音的家在草原深处。草原上的落日很迟,到了巴音蒙古包时,天边一丝晚霞也没有了,我与司机忙着要回鄂尔多斯,但好客的巴音与他老伴儿高娃死活不让走,杀了羊,还请来三个好邻居一起喝酒,酒一直喝到月亮西斜。

次日太阳升老高了,我们才摇晃着离开巴音的蒙古包。之后,巴音一直没再与我联系。但我还是与巴音通了一次电话,询问一些车况方面的问题。

巴音似乎对两辆车相当满意,在电话那一头,一个劲夸说:"好着呢,好着呢!"

三个月后车辆保养期到了,我又去了一趟草原。

在草原上,远远地,看到有两匹马拉着一辆越野车在慢慢行进。赶到前面一看,牵马的正是老牧民巴音。

我停下车与巴音打招呼:"出故障了?"

巴音摇摇头。

"没故障咋用马拉啊?"我又问。

巴音不吭声,依然牵马前行。

一个看热闹的大孩子笑开了,他说出了巴音的一个秘密。越野车买回来之后,老牧民巴音从没有把车开出去一次,早晨太阳出来时,他会把车从车库里推出来,晚上太阳落山时,他与老伴又会把车推进车库,天天如此,一天不落。就在前半晌儿，从来没发生过的事情发生了，越野车被巴音推着打着火起动了，呼地冲出了车库，在草地上飞驰而去，巴音忙跨上马背，在后面紧紧追赶，手里甩着套马绳，套了好几次也没套中，最后车胎被陷在沙坑里，这才熄火停下来……

听到这里，我笑了，巴音也不好意思地笑了。

"有车为什么不开呢?"我问巴音。

巴音没有直接回答问题。在蒙古包里，他一边喝着马奶茶，一边讲述草原上的故事。

从前的草原没有现在这样翠绿、富裕，草地沙化，风暴三天两头刮，治沙、恶化、再治沙、再恶化，最严重的一年沙尘暴就刮了七十多次，死了大批牲畜。就是那一年，很多牧民都离开草原出外谋生了。老牧民巴音不走，他坚定地留下来了，但他的两个儿子却都离开草原了，这一去就是六年多。临走时，父子还吵了一架，两个儿子发誓再也不回草原了。

巴音喝一口马奶茶继续说:"草原是有灵性的，你对她好，她也会对你好的，草原其实满地都是黄金。"

他的两个儿子至今没回来，但巴音十二分相信，他们一定会回来的，越来越美丽的大草原还引不回这两只小雏鹰?

蒙古包外，有摩托车的马达声，由远及近。不一会儿工夫，蒙古包里进来了两条汉子——巴音大儿子博日格德与二儿子哈日查盖。

"阿爸好! 阿妈好!"

巴音向门外瞟了一眼破旧的摩托车:"回来了?"

"回来了!"

"不走了?"

"不走了!"

"这么多年你们过得还好吗?"

两个蒙古汉子不吭声了。

巴音沉默了一刻，突然又哈哈大笑起来:"好了，不提从前的事了，但一定要记住，草原的天，才是雄鹰飞翔的天！"

　　老牧民巴音走出蒙古包。外面的阳光很灿烂，蓝天很开阔。博日格德与哈日查盖各驾驶一辆越野车，载着阿爸巴音与阿妈高娃向着他们的牧场深处驶去。巴音要让这两只小雏鹰再看看现在的大草原——他们美丽的家。

爷爷树

陈　敏

三岁那年，父亲带我来到爷爷的墓地，在他的坟前栽下了一棵桃树。

栽那棵树是为了纪念爷爷。爷爷爱树，一辈子都在种树。他的人生目标就是将他家门附近的几十亩沙坡全部变成树林。然而，因为是沙土地，那里很难长出树木。可爷爷说，他能想办法让树长起来。

于是，爷爷开始在沙坡上栽种各种各样的灌木。

爷爷说："有了灌木，鸟儿就来了，鸟儿能到的地方就能长出树来，因为，鸟儿是天然播种机，它们能带来各种各样的树种，并把种子深深地种进土里。"

爷爷栽下的灌木一点点长了起来，果然，鸟儿们就来了。如爷爷所说的那样，沙坡上竟然奇迹般地出现了一些小树，尽管它们看上去蔫蔫的，一副弱不禁风的样子，但毕竟还是长了出来。然而，只凭鸟儿的力量让树木长起来还远远不够，爷爷得亲自动手才行。爷爷便把他所有的时间和精力都放在这片沙坡上。

爷爷从大老远的地方把树辛辛苦苦弄来，栽在山上，却又不给它们浇水。这几乎是违背常理的。但爷爷却有自己的理由。

他说："给新种的树浇水会害了它们。树和人是一样的，如果要生活在艰苦的环境里，就必须从小加强锻炼。"

他还说："用水浇灌过的树木，头重脚轻根底浅，长不了多久便会自然消亡。"

他像斯巴达人训练孩子一样训练树木。因此，爷爷栽下的树成活率低得出奇，而一旦成活，便粗壮无比，枝繁叶茂。

沙坡上的树木一天天长了起来，虽然稀稀拉拉的，却很挺拔，由于根深深地扎在地下，它们抵挡住了一场又一场的风沙。渐渐地，就有更多的鸟儿飞来了，一些小动物也开始在灌木丛中安了家。而爷爷没有看见他希望的山坡上的满眼绿色。他突然倒下了，倒在那片还没有长满树木的山坡上。

家人把他葬在离家门不远的地方，那里有他生前栽下的一些树。在他的坟前，父亲还手把手地教我种下了一棵桃树。

上中学的第一个夏季，老师让我们写一篇《种树》的作文。我一气呵成，整整写了八页，描述了我在爷爷坟前栽下的那棵桃树：

"那棵树是为纪念爷爷而种的，所以，我一直叫它'爷爷树'。当年我和父亲种下它的时候，依照爷爷的种树原则，没有给树浇水，可那棵树一点儿也不娇气，它活下来了。它可能太喜欢爷爷了，所以就拼命地长。如今它已经长得又高又大。它年年开花，年年结果。桃子成熟的时候，我时常在夜晚听到熟透了的桃子掉落到爷爷的墓边的声音，可第二天早上，掉下来的桃子就不见了，那是让爷爷捡去吃了……"

我把作文交给老师。两天后的作文课上，老师把我的作文念给全班同学听，之后，又把我叫上去说："你的想象力还算丰富，但文字里渗透出一股很浓的迷信味！拿去改了，再交上来。"

我折腾了一夜都没改一个字。

有趣的是，那个周末，就有五六个同学悄悄地来到我家，他们硬赖在我家过夜，以便来验证晚上是不是有桃子掉下来，让爷爷捡去吃了。

遗憾的是，那天晚上，桃树上的桃子一个也没掉下来。

村上的狼

陈 敏

　　弟弟的死与狼有关。三魁一直这么想,尽管医生说他死于肾衰竭。

　　那一年,弟弟四魁放牛时,在山洞里发现了四只小狼崽,便立即激动起来,出于好玩,他用镰刀割掉了四只小狼的脑袋,然后爬到一棵树上观察母狼的反应。不一会儿,母狼叼着一只野兔觅食而归,呼唤窝中的狼宝宝。也许血腥味太浓,母狼老远嗅出了不祥,急匆匆扑进洞穴,低下头,吻舔小狼,四只小狼身首异处,如同糯米团,母狼顿时瞪大了眼,疯了似的扑向洞外,蹿出了一丈多高,嗷嗷的哀鸣声回荡在山谷,如同打雷。四魁吓得半死,在树上待了一天才下来。回家害了一场重病,不到半年就丢了命。

　　不久,村子里突然闹起了狼灾。每到黄昏,大狼领着小狼,摆成一行,在卯梁上缓缓走动。有的伸长脖子,嘴巴朝地,呜呜咽咽地哭。狼能模仿女人哭出各种声调,哭腔有粗有细,时高时低,充斥着幽怨。

　　安宁的村子被狼打破了。它们蹿进农家的羊圈、猪圈,洗劫了猪羊;它们甚至能吃掉村民挂在屋檐下的柿饼。狼有一次把我们家晒在外面的一盆豆酱吃了个精光。

　　很快,狼把爪子伸向了人。当狼的力气不足以对付大人的时候,孩子就成了它们最好的猎物。狼叼走了一个名叫结实的男孩,男孩那晚正和母亲一起,面对面蹲在茅坑边拉屎,一道黑影瞬间一闪,孩子就不见了;狼不久又

叼住了一个女孩,却又放弃了小女孩。不是狼的力气不够,而是小女孩勇敢地用手抠住了狼的眼睛,估计把狼的一只眼睛抠瞎了,狼便松了口,丢了女孩。那女孩虽捡回了一条小命,可脖子上却永久性地烙下了一道狼的牙印,还无辜地获了一个"狼剩"的绰号。

村子里的人立即惊慌起来,不等太阳落山,便四处呼唤孩子们回家。天一擦黑,就紧闭房门。

为了能够制止狼的困扰,村民们在村头建了一个土地爷庙。据说,狼是土地爷养的狗,人可能把土地爷得罪了,或者人在普遍贫穷的状态下把土地爷忽略了,土地爷一怒,便放出了他的狗。人们虔诚地祈祷土地爷赶快把他的狗收回去。而敬土地爷是需要祭品的。土地爷只吃两样东西,猪头肉和烧酒。在那个缺粮断顿的年月,这两样东西简直就是奢侈品。

但也有人不信这一套,尤其是村里的青壮年男人,只要听到"打狼呀!"的呼叫声,便纷纷操起家伙一跃而出,将整个山头团团围住。他们拿野兔子、野鸡做诱饵,试图用雷管、炸药、夹子来消灭更多的狼。

而狼总是老奸巨猾。它们成功地吃掉人类的食物却躲过了被夹住的危险。壮年男子不久又成立了一个"剿狼队"的组织,村里除了三魁没响应外,全体男人全都加入"剿狼队"的行列。

三魁和他的弟弟有着截然相反的个性。他崇尚自然主义,奉行"人给自然让活路,自然给人让生路"思想。他说狼是野虫,只要人不惹它,它就不会惹人。他独立的想法显然不合时宜,引来了众多的白眼和责骂。三魁就不吱声,除了在生产队上工,闲暇时便扛起锄头侍弄自己的自留地。

一个早上,他给地锄草时,看到了地中间高高堆起来一堆土,三魁寻迹查看,用锄头刨掉上面的土,他发现土堆里埋着一个毛茸茸的猪头。三魁知道那是狼储藏的食物。狼不仅懂得复仇更懂得感恩。他明白那是狼对自己的一点儿小意思。三魁仔细观察猪头,顿时喜从心来。他把猪头提到河里洗净,拿回家里烹煮。

村子上空顿时弥漫着一股股猪肉的清香,随风一缕缕飘进饥饿者的鼻孔。当很多馋嘴的孩子和众人的目光开始向三魁门前靠近的时候，三魁的猪头差不多煮好了，三魁把猪头拿到村头的土地爷庙上，供奉到了土地爷的泥像前。

那个猪头在土地爷前放了不到半个时辰就被一群饥饿的孩子分去吃了。

土地爷还真的显了灵。

村子从此不再有狼。狼说消失就消失了，几乎是一夜之间。

狼去了哪里？是土地爷一高兴就把他的狗收回去了吗？三魁说那是不靠谱的说法。他说狼迁徙了。因为他在山上割草时亲眼看见了狼集体迁徙的全过程。

三魁说："狼在一个黄昏来临时分集体汇合，大大小小不计其数，在松树坪聚了黑压压一片。恰巧天上有一架飞机飞过，狼全都抬起头，齐刷刷朝天上望，那场面神秘而宏大。"

重磅新闻

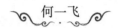
何一飞

赵部长在电话里说："大记者,给你报告一个重磅新闻,水路头村的娃娃鱼种群恢复了。"

"真的吗?",我兴奋得从办公椅上跳了起来,这真是重磅新闻。千真万确,初步估计这个种群已恢复到二百多条。我受县委贾书记的委托,真诚邀请大记者来给我们县的物种保护工作鼓鼓劲。

我答应了。作为省党报的记者,我深知这条新闻的重大性,当然我也知道永华县更需要这种正能量的新闻给他们带来更大的利益。

娃娃鱼学名大鲵,叫声很像幼儿哭声,因此人们又叫它"娃娃鱼"。因为娃娃鱼肉细腻、鲜美、少刺,成为一些人餐桌上的美味,有人就偷捕娃娃鱼卖给一些大酒店,几百块钱一斤。我看过资料,现在野生的娃娃鱼全国不到六千条,如果水路头村的娃娃鱼种群有两百多条,那将是轰动全国的新闻。

十五年前,离省会约七百公里的山脚乡水路头村曾发现了一个庞大的娃娃鱼种群。

水路头村,意思是水的尽头路的尽头,是个非常偏远的瑶族村。但水路头村美丽宁静,天是蓝的,山是蓝的,水是蓝的,我甚至认为在水路头村,空气也是蓝的,所以我叫它"四蓝"之地。水路头村有条溪叫银链溪,银链溪的水像银子一样洁净透亮,蓝天倒映其上,水也染成了蓝色。银链溪水流湍急长年不断,溪水弯弯曲曲,灌溉着良田沃土。银链溪的源头在月岩洞,月岩洞洞口外是口深约数十米的大塘,水满时月岩洞是看不到洞口的,只有水浅时才能看到月牙一样的洞口。娃娃鱼种群就是在月岩洞发现的,据说洞内有头大娃娃鱼,有一百多斤,起码上百岁了。

当时陪同我现场采访的是县委宣传部新闻干事的赵新文,在他的陪同下我见到了银链溪娃娃鱼种群,但没有见到传说中的那头大娃娃鱼。

赵新文说:"老娃娃鱼成精了,它是不会轻易被人看到的。"

银链溪娃娃鱼种群确实是个庞大的种群,考察的专家说这个种群起码在六百条以上,娃娃鱼是个濒危物种,水路头村的这个种群对娃娃鱼的物种保护具有很高的研究价值。

回到报社后,我写出了长篇通讯《"四蓝"之地大鲵欢》,遗憾的是这篇通讯刊出不到一年,因为人类的捕杀,水路头村的娃娃鱼数量锐减,专家们再也没在银链溪发现过一条娃娃鱼,而那条大娃娃鱼也成为一个传说,专家们正式认定银链溪娃娃鱼种群灭绝了。银链溪娃娃鱼种群灭绝后,我怀着沉痛悲愤的心情写下了长篇通讯《为消逝的大鲵种群的葬歌》……

这些年我一直没忘掉水路头村,没忘掉银子一样洁净的银链溪,没忘掉灭绝的银链溪娃娃鱼种群。你可以想象赵新文的电话对我来说是何等重要,一个种群恢复了,它是怎么恢复的? 它又是怎样让种群存续的? 这一切深深地吸引着我。

车越往水路头村开我就越怀疑是否走错了路,如果不是车载 GPS 提示目标地就是水路头村,我真的怀疑自己走错了路。以前道路两旁山清水秀,现在山像癞痢头,这儿秃一块那儿秃一片,河水浑浊发黄,短短十来年的时间,"四蓝"之地怎么会变成这个样子?

刚进水路头村口,我就碰到出殡的人群,死者遗像看上去四十岁左右,这么年轻就失去了生命,让人惋惜。村子不像十五年前那样热闹,很萧条。在村子里遇见一个病恹恹的老人,我问起死者。老人说:"得癌症死的,村里不少人都得了癌症。"

他问我来村里做什么，我说："我是记者，要去银链溪看娃娃鱼。"

"山神发怒了，银链溪不见了，回来的也不是娃娃鱼了。"老人悲伤地说，"我陪你去吧。"

清澈的银链溪真的不见了，溪水不再清亮。溯溪而上，愈加浑浊，空气中弥漫着刺鼻的大蒜味。

还没到月岩洞我们就听到了娃娃鱼的叫声，离月岩洞越近叫声越大。果然，我们在月岩洞周边看到了一拨又一拨娃娃鱼，这些娃娃鱼对我们的走近视若无睹，它们在溪边在洞口池塘周围自由自在地嬉戏着。

"这些娃娃鱼怎么不怕人了？"我问。

"它们再也不怕人了。"老人摇了摇头。

"为什么没人捕杀了呢？"

"为什么？"老人苦笑着说，"这鱼自己救了自己，这鱼吃不得了。"

"有这样的事？"我惊讶了。

"凡是吃了银链溪娃娃鱼的人都中了毒，其中一个还被毒死了。现在，娃娃鱼爬在溪边都没人去捉。"

"找出中毒的原因了吗？"

"医生说都是砷中毒，说他们吃的娃娃鱼含有剧毒物质砷。"

"娃娃鱼体内怎么会含砷？"

"你看到前面的一个化工厂了吗？十年了。厂区周边山上的树木都死掉了，它流下来的水把银链溪把月岩洞把我们的田土染黄了、染毒了。专家说，十几年前躲在月岩洞中逃过捕杀的娃娃鱼，慢慢又繁衍成了一个种群，但它们长期在厂区生活，不仅适应了这种毒性环境，体内还蓄积了自保的毒性。"

我沉默了，然后给赵部长打电话，告诉他我要在水路头村采访几天。是的，这里有重磅新闻。

狼

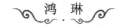

鸿 琳

夕阳像个喝多了酒的醉汉，摇摇晃晃地一头扎下山去了。

山岭上的暮霭渐渐浓了起来，他加快了脚步，待上了山岭，山脚下自家屋顶上那袅袅的炊烟就飘荡在他眼里了。前几天他在报纸上看了一篇文章说炊烟是村庄的头发，当时他就笑了，很是佩服文人那丰富的想象。他知道，自己是个大老粗，打死也想不出这样的词句来的。摸了几十年的枪，现在真的是老了，先前爬这条岭是健步如飞，如履平地。现在不行了，气喘吁吁，全身是汗，有些力不从心的感觉，看来不服老还真不行。再过个把月，局里的退休报告就要批下来了，一想到这，他不禁轻轻地叹了口气，将手上那只水牛脚换了个手，伸手摸了摸腰上掖着的那把跟了他几十年的五四式手枪。这枪自打从部队转业进派出所就一直没离开过他。这些年，许多同事都换了别的式样的枪，可他舍不得那把枪。他常说，用习惯了，顺手。那枪就是他的命，片刻都不离身，一有空他就擦枪，将一把手枪保养得油光滑亮，跟新的一样，让所里那帮小青年羡慕得不行。

枪是他的命，老伴儿也是他的命，几十年跟着自己，风风雨雨，吃过的苦，受过的累是数也数不清。他常年在外奔波，回家就像住旅馆一样，来去匆匆，一个家全靠老伴儿支撑着，含辛茹苦将一双儿女拉扯大。现在孩子都大了，像长硬翅膀的鸟儿，扑啦啦全飞走了，一年也难得回来一次。自打和

自己结婚以来，老伴寒来暑往总是在田里劳作，落下一身的病，只要一变天，风湿性关节炎就折磨得她痛苦不堪，连路都走不动。看老伴儿那病恹恹的身子，他就很内疚很心痛，四处寻医问药，可老伴儿的病总不见好。后来听人说水牛脚对风湿性关节炎有很好的疗效，他就试着买了几次，还真奇了，老伴儿吃了连说有用。因此，每到雨天，他一定去买只水牛脚，待下了班，走上二十里山路送回家。

现在，水牛脚拎在手上，还不断滴着血水，一股浓浓的腥味在山风中弥漫开来。夜幕降下来了，四周变得模糊不清，就在这时，他看到离自己十几步外闪着两盏绿幽幽的光。他从挎包里拿出手电筒，就在他揿亮手电的一刹那，他倒吸了一口气：山道上拦着一只狼，没错，是一只狼！这是一只高大健硕的公狼，全身灰黑，拖着一条长长的大尾巴，长长的舌头淌着口水，龇着尖利无比的牙齿，贪婪的双眼一动不动地盯着他手上那只滴着血水的水牛脚。

猛地，那只公狼"嗷"地低吼了一声，一步一步朝他逼了过来。他打了个激灵，下意识拔出了手枪，"砰"的一声，子弹拽着火光贴着公狼的脑门掠过。他并不想伤害这只狼，只想吓唬吓唬它，让它知难而退。枪一响，公狼怔了一下，但它并没有退却，反而一纵身朝他扑了上来，尖利的爪子划破了他的脸，手电也被撞飞，他在地上翻了两滚，待爬起来，那狼一口叼了他手中的水牛脚蹿下山去。他火了，扬手一枪，只听一声惨叫，那公狼一头栽倒在地。

他捡起手电，脸上火辣辣地痛，一摸全是血，他恨恨地骂了句，提了枪追过去。让他没有想到的是，那躺在血泊中的公狼竟踉跄着站起来，叼起那只牛脚，一头扎进密林。

他摸索着找到了地上的手电追进黑漆漆的密林，凭他多年的经验，他知道那受伤的公狼跑不了多远，但他边追心里边纳闷：这狼受到生命威胁应该只顾逃命才对，可为什么一直叼着牛脚跑，难道这只牛脚比它生命更重要。

继续跟踪了几十米，他来到一处岩石高低错落、灌木丛生的山坡上，在强烈的手电光中，他发现那只公狼倒在一块突兀的岩石旁，已经死了。但它死不瞑目,那嘴里仍死死叼着那只水牛脚。在离公狼不远处,卧着一只瘦骨嶙峋的母狼,母狼的一条前肢不见了,断肢处已经腐烂,在母狼的身边散落着一些动物的骨头和杂毛。他静静地看着眼前这悲壮的一幕,全身的血液顿时凝固了,以至于举枪的手微微发抖。那只母狼见了他,眼里已没有了半丝的恐惧,只是不断流出悲伤的泪水。

　　他没有再去拿那只水牛脚,而是蹑手蹑脚走出密林,好像只有这样才不会惊扰眼前的一切。

　　这时,月亮升起来了,静静地悬在山顶,月光热热闹闹地洒在山岭上。下得山来,回头再望,那山岭已变得模糊不清,山风中传来母狼凄厉的尖叫,如泣如诉,久久不息。

　　他想,自己是该退休了。

孤 独

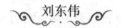

刘东伟

外面突然响起一阵沉闷的撞门声，胡兵从床上跳了起来，顺手抄起门后的棍子。

一个月前，胡兵采药时跌落到山谷里。他找不到出谷的路，四周全是光滑的峭壁。幸好，谷中长着一种果树，胡兵才生存了下来。

门开了，胡兵惊叫着倒退数步，一屁股坐在床上。

门外竟然是一只老虎。

老虎看了胡兵一眼，说："你不用怕，我不会吃你的。"

胡兵看到，老虎的眼神很柔和。他的心略宽，问："你找我干什么？"

老虎说："你没有发现吗？谷中只有你和我两个，其实我是你的邻居，自从你出现的那天起，我就看到你了。"

胡兵又是一惊：他坠入山谷一个月了，竟然时刻在一只老虎的视野中，太可怕了！

老虎似乎看透了他的心思，说："你很幸运，在你坠谷之前，我刚好戒了肉。"

胡兵脱口问："老虎怎么会不吃肉？那你吃什么？"

"果子。谷里有一种果树，一年四季常青。虽然戒肉很痛苦，但我还是忍受了下来。"

"你找我到底要干什么？"

"我看到你的背篓，你是个医生吧？"

"是的。"

"你会不会做手术？"老虎的语气突然变得极其温和，它仿佛害羞的少女，轻轻地说，"我要做妈妈了。"

胡兵朝老虎的腹部望一眼，果然，老虎已到了临产期。

"按理，你自己会生产吧？"胡兵说，"我能帮你什么？"

"我不需要你帮，我想让你给我的宝宝做手术，我希望它生下来后，你能把它的牙根拔掉。"

"为什么？"胡兵问。

"因为谷中已经没有可吃的肉类了，拥有牙齿却吃不到肉是痛苦的。"

"好吧，我帮你。"

"谢谢。三天后，你到后面的洞中来吧。"说完，老虎走了。

胡兵长出了一口气。

三天后，胡兵来到老虎居住的那个山洞。事实上，胡兵刚跌落山谷时，看到过这个山洞，当时他见里面阴暗，就没敢进去。

胡兵走进洞内时，老虎已经生产了，小虎很可爱，像一只猫咪。

产后的老虎有些虚弱，它斜躺在一堆干草中，说："请尽量别让宝宝痛苦。"

胡兵点点头，他已经找了一些有麻醉效果的药草，揉碎后挤出汁洒在小虎的口腔里，然后将小虎的牙全拔了下来。

几个月后，小虎长大了，它常常跑到胡兵的木屋里玩耍。

一天，胡兵觉得心烦意乱。事实上，他吃不惯果子，他虽是个医生，但祖辈都是打猎出身，他想吃肉。

胡兵馋肉了，坠入山谷的这几个月，他一点荤腥也没尝到。胡兵觉得身上仿佛有几百只虫子在爬动着，那滋味让他无法抑制地难受。

突然，胡兵的心里闪过一个残忍的念头：杀掉小虎。对，那该是一道

美味。

小虎每天都来,于是,胡兵趁老虎在岩石上睡觉的时候,用绳子勒住了小虎的脖子,然后一刀捅进它的胸口。小虎凄惨地闷叫一声,倒在地上,它望着胡兵,目光中充满了痛苦和迷茫。

胡兵闭着眼睛又补了一刀,小虎气绝而亡。

胡兵迅速地剥了虎皮,将虎肉剁成小块,藏起一些,炖了一些。

他以为这样可以神不知鬼不觉地把小虎送进肚子里,但是他疏忽了老虎的嗅觉和灵性。

老虎躺在岩石上,突然空气中飘着一丝丝奇异的味道,它浑身一颤,顺着气味的方向望去,目光盯在了胡兵的木屋。

老虎一声长啸——它在呼唤小虎。但是,它的啸声远远传出去后,小虎并没有出现。它奔跑着来到胡兵的木屋里。

胡兵听到老虎的啸声后,已把虎肉藏好。他抹一把唇上的油腻,问老虎:"有事吗?"

"你杀了小虎?"老虎双目圆瞪。

"没有,我怎么会呢?"

"不,你会的,如果小虎还活着,它听到我的啸声就该出现了。"

"真的没有,也许……它失踪了吧?"

"失踪? 这是个绝谷,根本没有出口,它能跑到哪里去?"

老虎在木屋里搜索着,终于发现了血淋淋的虎皮,它一声惨啸,张着血盆大口,向胡兵扑来。胡兵吓得向外逃去,但刚跑出十几米,就被老虎堵在了峭壁下。

胡兵"扑通"一下跪在地上,央求道:"是我一时迷失了人性。放过我吧,我会好好做人的。"

老虎目眦欲裂,说:"你不要以为我不会吃人,你知道吗,你没来之前,这谷中本有很多动物,为什么最后只剩下了我? 因为它们都进了我的肚子。"

事实上,胡兵真的以为老虎是从哪个动物园跑出来的,早已没有了野性。

"我错了,我……"

"不行,我要给小虎报仇!"

老虎吼着,张开大口,一股血腥扑鼻而来,胡兵几乎晕倒在地。他闭上眼睛,等待着死神的召唤。可是,等了半晌,一点动静也没有。

胡兵睁眼一看,老虎正一脸痛苦地喃喃自语:"也许是上天在惩罚我,谁让我吃了那么多动物,而且,在无法忍受饥饿的时候,把小虎的父亲也吃了,我得到了短暂的吃肉的满足,可是却永远失去了更重要的东西,难道这就是报应吗?"

老虎目光盯在胡兵脸上,说:"我不会吃你,我要让你尝尝失去一切的滋味,那是比吃不到肉还痛苦的痛苦。"

说着,老虎突然大叫一声,身子一跃而起,撞在石壁上。顿时,血光迸现。老虎软软地瘫在地上,抖动了几下,死了。

胡兵呆了。他没有料到结局会这样。半晌,胡兵站了起来,望着空旷的山谷,他感到了一种从未有过的孤独。

母猴吉咪

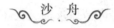

沙 舟

　　吉咪天生残疾,它的四肢踝骨部向里弯曲,这使它不能攀缘,只能在地上爬行。吉咪的母亲没有因为它残疾而抛弃它,与其他猴母相比,更加呵护关爱这个残儿,使它奇迹般地活了下来。在母亲的悉心照料下,吉咪生长得很健壮。它从母亲那里学会了许多生存之道,什么枝叶花果能吃什么不能吃,什么季节有什么东西可吃,等等。直到有一天,母亲再次孕育,它不得不离开母亲,靠学到的那些生存知识,随猴群独立生活。

　　吉咪无法上树攀崖,猴群转移,吉咪凭着一股坚毅的韧劲,奋力紧追,从未因自己的残疾而落伍,在这一点上赢得了猴群的赞誉和尊敬。

　　一晃,吉咪已成年,它怀孕了。

　　吉咪拖着隆起的肚子,爬行越发吃力,但它并没有为增加的负担而苦恼,相反,它更加欢欣,因为它知道自己就要做母亲了。吉咪整日不停地进食——它得积蓄营养,以待孩子出生,好有足够的乳汁让孩子吮吸。

　　这天夜里,繁星闪烁,弯月生辉。在这静谧的夜晚,吉咪分娩了,然而事情与这优美的夜色并不和谐,它生下个死胎。

　　吉咪非常忧伤,嘶嘶哀号,不肯丢弃死婴。它搂抱着死婴不吃不喝,一直到数天后,它才恋恋不舍地将死婴安葬到草丛里。

　　吉咪好长一段时间沉浸在丧子的郁悒中,直至再次怀孕,它才重新振作起来,准备第二次尝试做母亲。

吉咪第二次分娩,生下个健康的小猴。吉咪像所有猴母那样,欣喜若狂地抱着新生儿嘶嘶鸣叫,告知猴群全体成员自己做母亲了,并夸赞女儿生得多么漂亮可人。

吉咪陶醉在为猴之母的喜悦之中,一刻不离地守护着女儿,无论休息还是觅食,它都把女儿抱在怀里或驮在背上。爬行时,女儿攀附在它的腹部。为防止地面磕撞着女儿,它四肢竭力挺直,虽加大了行走困难,却保证了女儿的安全。坐下休息时,它一遍遍不厌其烦地给女儿梳理毛发,以增进母女间的感情交流。

女儿稍大一些后,吉咪也同样得到了女儿的回报。不觅食时,女儿学着它的样子,给母亲梳毛,捉虱子。这只是女儿刚学到的一种建立感情的方法。以后的日子,吉咪将把从母亲那里学到的全部生存之道,一点点地传授给女儿,使其将来能够独立生活。

作为母亲,还需时刻警惕孩子遭遇不测。一次,女儿独自玩耍时,不慎跌入湍急的溪流里。吉咪嘶嘶地叫着,不顾自身安危跳入急流,拼死把女儿救上岸。女儿受此惊吓,惶恐地蜷缩在母亲怀里凄叫,吉咪安静地给女儿梳理着湿淋淋的毛发,安慰女儿危险已经过去。

女儿在炽热的母爱和无拘无束的生活中,跌跌撞撞地长大,吉咪再次怀孕分娩,生下个儿子。

吉咪又像当初哺育女儿那样,全身心地哺育它的新生儿。

后来的几年里,吉咪又连续生下一女两男。

当吉咪的女儿都当上了外婆,吉咪已经很老很老了。它浑身毛发皆白,眼睛无神,四肢乏力,爬行甚为艰难,每爬一步都得耗费很大的气力。很老的吉咪不能再待在猴群里了,它得离开猴群去过孤苦伶仃的日子。这是猴群生存繁衍的一项残酷规则,一代代传下来,谁也违背不得,即便它儿孙一大堆也不行。

吉咪在一个雨雾蒙蒙的清晨,撩开涩涩的眼睑,最后扫视一眼它那一大

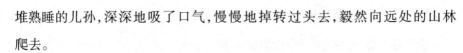

堆熟睡的儿孙,深深地吸了口气,慢慢地掉转过头去,毅然向远处的山林爬去。

吉咪离开猴群,不久将会孤独寂寞地死去。但作为猴群中唯一的残疾母亲,它坚韧不拔的身影会永远留在群猴心中。

疯狂的豆芽

邵昌玺

老孙家里出了件怪事,着实让他惊讶不已。

老孙去菜市场买菜。看到豆芽不错,白莹莹、胖嘟嘟的,让摊主给称上一斤。

老孙又转了转,一会儿菜篮子就装满了。他赶紧往家赶,因为今儿是周末,儿子一家三口说好要来家吃饭。

回到家,老孙特意嘱咐老伴一定要把豆芽炒了,说儿子孙浩和孙子圆圆都喜欢吃。

一会儿,一桌香喷喷的饭菜就摆上了桌,一家人围桌而坐。老孙先给圆圆夹了块红烧肉,说他现在正在长身体,需要补充营养。然后又招呼大家吃豆芽,说今天的豆芽肯定好吃。

这时,老伴插话道:"就你儿子和宝贝孙子爱吃豆芽,还是让他们多吃点儿吧!"

吃完饭,孙浩站起身,摸着鼓鼓的肚皮,说今天的饭菜真是好吃,特别是那盘豆芽,味道挺特别,几乎让他和圆圆给清了盘。

等儿子一家走了,老孙和老伴开始打扫残局。老伴说:"这盘豆芽还剩了点儿,倒了吧?"

老孙看了一眼,说:"还是别倒了,我刚才也没吃,等晚饭时我尝尝。"

下午老孙到厨房倒水喝。这时,他看到一件怪事:中午那盘吃剩的豆芽,本来没有多少了,可这会儿竟然又变成了满满一大盘,里面的豆芽还是那样白莹莹、胖嘟嘟的。

老孙怀疑自己看花了眼,他揉了揉眼睛,又仔细地看了看,没错,盘子里满满的豆芽。

老孙急忙跑到卧室。唤醒正在熟睡的老伴,说:"老婆子,快起来,怪事,真是怪了……你又买豆芽了吗?"

老伴还没睡醒,生气地说:"中午不是刚吃完豆芽嘛,再说我一直在睡觉,买什么豆芽?"

老孙把老伴拽到厨房,指了指盘子里的豆芽。这时,刚才还是睡眼惺忪的老伴顿时目瞪口呆。

老孙拿起一根,仔细地看了看,没看出什么异样。他又放进嘴里尝了尝,说:"一个味,就是豆芽味儿。"

老伴显然没了主张,看着老孙说:"怎么办? 是扔掉,还是……"

老孙没有马上回答老伴的话。他背着手,在房间里踱了两圈,然后小声地说:"我看这事先别声张,还是把它炒了,先给小狗吃,看看情况再说。"

老伴按照老孙说的,又把豆芽炒了,给小狗的饭盆里倒了一大半,留了一小半。

一夜过去了,小狗依然活蹦乱跳。老两口来到厨房,看到盘子里又是满满的豆芽。

这次他们镇定了许多。之后,他们亲自吃了几回,那盘豆芽每天还是满满的,总是疯狂地生长。

这回老孙高兴了,说:"好,真好,以后咱家不用买豆芽了,可是咱俩都不爱吃……对,孙浩和圆圆爱吃呀! 我这就给儿子打电话……"

老孙一个电话把孙浩找来,把宝贝豆芽的事情给儿子说了一遍。

孙浩听了,说:"爸,您老不是这儿有问题吧?"孙浩边说边指着自己的脑袋。

老孙也不解释，一脸严肃地说："废话少说，你把这盘豆芽拿回家试一下就知道了，不过要记住一点，每次都别吃完，要留着点儿。"

孙浩看着老孙，狐疑地点着头，然后，把豆芽打包带走了。

几天后，老孙接到孙浩的电话，跟他意料中的一样，电话那头的儿子兴高采烈地说："神了，真是神了……"

转眼一个月过去了。一天，老孙正在家里闭目养神，突然接到圆圆打来的电话，说孙浩喝了农药，正在医院抢救。

老孙火速赶到医院。他在抢救室门口看到正在焦急等待的圆圆，老孙差点没认出来：一个月没见，圆圆高了一头，嘴巴上的胡子也密密丛丛，好像突然间长大了……

就在这时，抢救室的门打开了，孙浩被推了出来，医生说已经脱离危险。

孙浩被送进病房，老孙看着躺在病床上的儿子，轻声地问："为什么要喝农药？"

孙浩目光呆滞地看着天花板，嘴巴吧嗒着，一字一顿地说："爸，您知道吗？农药真好喝，跟咱家的宝贝豆芽一个味儿。"

这时，圆圆也插话道："嗯，真是这样，我也觉得农药味儿挺好闻的……爸，农药好喝吗？"

一旁的老孙听着儿子和孙子的对话，顿时呆若木鸡。半晌，老孙无力地说了一句话："都疯了……"

洗 衣

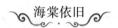

海棠依旧

小伟五岁那年跟随父母到闽南一座叫坂仔村的小村庄。

小伟的父亲找到村主任,对村主任说:"家乡遭洪水了,想在这里安家。"

村主任听了,亲切地拍着小伟父亲的肩膀说:"我那里有间柴房,你们先住下吧。村里有一块闲散的地,拿去种点农作物。"

从此,小伟就跟父母到地里干活,插秧、收谷子。

转眼,到年底了。

过年了,小伟父亲从街上买了很多好吃的。大年三十,桌上摆满了香喷喷的菜肴,小伟很长时间没闻到这种香味了。还没等饭局开始,小伟就狼吞虎咽地吃起来。小伟的父亲看了看小伟,看了看小伟的母亲,笑了。

初一早上,小伟母亲一吃完早饭就对小伟说:"小伟啊,娘拿衣服去河边洗了,你跟娘一块去吗?"

小伟"嗨"了一声,穿着新衣新裤,跟在娘的屁股后面屁颠屁颠往河边走。

每次娘洗衣服,小伟总要跟娘到河边玩水。河里的水欢快地流啊流,河里的鱼灵巧地游啊游,小伟的心就欢快地奔腾着。小伟知道,坂仔村的女人平时都是把衣服拿到河边洗,娘也早把这习惯融入她的生活中了。

半个多小时过去了,娘刚洗完衣服,村主任来了。

村主任看到娘,脸变了色。

村主任说:"妹子,你闯祸了,几百年来,每年正月初一至初六,任何人都不能到河边洗衣服的。违者,要给村里的每个村民送上一块豆腐以示道歉。"

小伟娘听了村主任的话,懵了,她求饶似的跟村主任说:"主任,您就原谅我这回吧,我刚到这里不懂。"

"妹子,不是我不肯原谅你。这是祖祖辈辈流传下来的风俗。正月初一到初六,几百年过去了,村人都懂得这道理,也没人会犯这样的错误。因为他们知道,这几天到河边洗衣服,河水弄脏了,会把海龙王惹恼的,海龙王一生气就会离开这里。这样一来,这里就会发生干旱。所以,村民们都非常遵循这习俗。妹子,还是抓紧时间回去准备吧。"村主任说。

"可是,主任,咱村几千号人,我哪有办法买那么多豆腐?再说了,这得多少钱啊!"小伟的母亲说完,急得掉下了眼泪。

"你也别急,这事说来我也有责任,怪我没事先跟你说清楚。这样吧,我买点豆子给你吧。你把豆子挑到村西头的徐家豆腐铺,叫他们帮你把豆腐做好了切成块儿,弄成炸豆腐,每人一块儿分给村民,唉。"村主任说完,叹了口气,走了。

第二天,村主任果然挑来豆子,小伟母亲连同自家的豆子,一起挑到徐家豆腐铺,如此这般交代了一番。过了一个上午,徐家来人了,说有部分豆腐炸好了,叫小伟母亲先把那些拿去分了。小伟母亲听了,叫上小伟,又把在地里干活的小伟父亲找了回来,一家人兵分三路往村里走,去给村民分豆腐并赔礼道歉。

小伟记得,他和父母跑了两天两夜,总算把豆腐分到每位村民的手上,小伟的脚都起了泡。从那以后,小伟母亲说什么也不敢在正月到河边洗衣服了。

转眼,小伟长到了十五岁,十五岁的小伟上了初中二年级。

这天,小伟从学校放学回家,回家要经过那条小河。小伟看到,不知从

什么时候开始,河里的水变浑浊了,河面上浮着一些乱七八糟的东西。小伟几次趴在桥的栏杆上往下看,看不到一条小鱼。小伟站了短短几分钟,看到好多村民手里提着垃圾往河里扔。河里、河边堆满了垃圾,引得苍蝇"嗡嗡"直叫,到处飞来飞去。看到这情景,不知咋的,小伟想起了十年前的那件事。可惜,自那件事后,没过两年,村主任就去世了。以后,也再没正月初一到初六不能到河边洗衣服的禁忌了。但小伟的心里还是依恋着那段传统,那个风俗。

又过了几年,小伟大学毕业后回家当了村主任。当上村主任的第一天,小伟来到小河边,看着堆在河边的一堆堆垃圾,小伟当机立断,通知各分队队长,号召村民,保护母亲河。并且规定,在以后的日子里,不许村民在河边扔垃圾。小伟下达完任务以后,远眺着窗户外面的坂仔山,山上的树木郁郁葱葱,小伟的脸上露出了笑容……

鸟

何君华

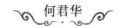

我掏到那只鸟的时候它应该刚刚出生。它的妈妈已经不知去向,只有它独自在北风中瑟瑟发抖。我决定把它带回家,给它建一个新的家。

那时家里养着许多花,在一盆吊兰的旁边我又吊起一个空花盆,这里便是那只鸟的新家。爸爸回家后,很快便发现家里来了新成员,他什么话也没说,转身出了门。等他再次回来的时候,我发现了他手中的马连草、薰衣草和松针。很显然,爸爸认为我建的鸟窝太过简陋,他亲自弥补了我年幼的笨拙和天真。

"这个时候出生的鸟活不过冬天。"尽管爸爸亲手为鸟窝添枝加叶,但他还是为这只鸟的未来下了悲观的诊断。我不理会爸爸的话,和姐姐一道去山上捉蚂蚱,这成了我每天必做的工作,比对待我的家庭作业要认真地多。

很快我便发现"诺诺"身上长出了羽毛。那是一种极为纤细的毛发,如果不仔细看,你肯定不会发现。但我还是发现了,因为我每天都在捧着它看。是的,它已经有了自己的名字——诺诺——爸爸给取的。

爸爸可能已经意识到他此前的诊断过于武断。瞧,他已经开始训练诺诺走路了。

如你所知,诺诺的家是一个铺满马连草、薰衣草和松针的花盆,而不是一只笼子或别的什么。没事的时候,诺诺就在它的小家里踱来踱去。也有

调皮的时候。诺诺会跳到我们的餐桌上来。或许是我高看它了——诺诺根本就不是跳下来的,而是掉下来的。它太过自信了,自以为可以胜任站在盆沿上保持平衡的高难度动作。

诺诺显然还没有意识到自己是一只鸟,它是不是以为自己也是我们家里的一口人?你瞧它走路的姿势,昂头挺胸,大摇大摆,显得威武、骄傲,甚至是自满。但一只鸟不是光走路就可以的,它还必须会飞。很快爸爸便开始让它尝试这项新的技能。但这并不是一件容易的事情。我们如何能要求诺诺去做一件我们根本没有办法做到的事?

但飞翔训练还是要继续。爸爸拼命挥动着双臂从椅子上跳下来,试图以此诱导诺诺扇动翅膀。不可思议的是,这笨拙的动作居然起了作用。诺诺果真吭哧吭哧振动翅膀飞了起来,但不幸的是,它很快便掉了下来,摔了个大屁墩儿。这实在太令人沮丧了。

万事开头难。既然已经开了头,那没有不飞下去的道理。起初是在屋子里,后来到了院子里。终于,爸爸决定带它去见更广阔的天地。爸爸打一声呼哨,领着诺诺上街了。

诺诺当然成了明星。所有人都只见过装在笼子里的鸟,从没见过站在人肩膀上的。人们大惊失色,啧啧称奇,纷纷表示诺诺真是一只特立独行的鸟。但诺诺完全搞不明白究竟发生了什么,一副茫然不解的样子。大家都是一样的"人",它只是个头比较小而已(或许连这个它也没有意识到),有什么好大惊小怪的呢?

爸爸还领着诺诺去了北山上的小树林。在这里,诺诺第一次见到了自己真正的同类,它反倒有些怯生生的——这些家伙怎么跟我长得这么像呢?爸爸示意诺诺站到它们中间去。诺诺逡巡而不敢进,但终于还是飞了过去。更让我们出乎意料的是,诺诺竟然很快跟它们熟络起来。

爸爸打一声呼哨,诺诺"嗖"一声飞了回来。爸爸给诺诺一个积极的眼色,诺诺又"嗖"一声飞了回去。很显然,诺诺还是喜欢跟那些跟它长得比较像的家伙在一起。

回家的时候，爸爸意味悠长地说："诺诺留不住了。"

第二天，爸爸并没有带诺诺上街，而是径直去了小树林。不等爸爸示意，诺诺便欢快地加入了它的族群。

过了很久，我试图打一声呼哨，提醒诺诺我们该回家了，但爸爸轻轻地制止了我。爸爸牵起我的手，拍了拍我的肩膀。我相信直到我们转身离开，诺诺都一直站在树林里看着我们。但诺诺并没有追上来，直到我们消失在它的视野里。

但我们怎么可能消失在诺诺的视野里？因为诺诺始终游荡在天空上，它的视野便是整个世界。别人可能觉得奇怪，一只鸟不关在笼子里怎么养得住，但我丝毫不会奇怪，因为我知道，一只鸟其实应该怎样。

放　鸦

王　往

它的学名叫鸬鹚,有些地方人叫它鱼鹰,我们平原上人叫它鸦。

鸦是水中的狼,它们会合伙儿逮鱼。要是一只鸦发现了大鱼,自己单个逮不上来,就会冒出水面,一甩脖子,再迅速潜下去,盯住不放,放鸦人就知道它的意思了,喊开集体出动的鸦号子,其他的鸦就一齐上阵,有的啄眼,有的叼尾,有的衔鳍,硬是把大鱼"抬"到捕桶边。

每到傍晚,姜大号子就会赶着他的鸦挑着捕桶来到绿荷塘。姜大号子是姜庄人,离绿荷塘西圩有二里多远,祖祖辈辈放鸦捕鱼为生。叫他大号子,是因为他的鸦号子喊得好。

千莲喜欢听他喊鸦号子。

那天下午,姜大号子来放鸦捕鱼,千莲也在圩上掐芦叶。

姜大号子把捕桶放下河,轻快地跳了进去,竹篙往岸上一抵,捕桶就前进了几米远。

"呀嗬嗬——"姜大号子一声喊,老鸦小鸦就扑通通跳进了水里。有两只小鸦在那原地打闹,没下河,姜大号子用竹篙一敲水面,喊开了:"哎呀哩,小宝贝,你怎么这么不听话的,不打了,不闹了,乖乖溜溜下湖哩……"两只小鸦就赶忙张开翅膀扑下了河。逗得千莲笑起来。

千莲看姜大号子捕鱼,总是看得入迷,看着看着,就会有一条鱼飞到自己脚下。

"妹子,拿去给孩子吃!"姜大号子喊道。

千莲摇头。

又一条鱼飞上来,比刚才那个还大。

千莲想,我不是嫌少哩,我是不想占你便宜哩。又摇头。

姜大号子又扔过来一条。

这个犟脾气男人,非要人拿他的鱼!千莲笑起来,只好摁住一条,用柳条穿了腮,拴在芦苇根上。姜大号子这才罢休,扯起嗓子喊起鸦号子:

十八岁大姐放老鸦

小二郎的哥哥舍不得她

小船儿下湖有风浪呀

鸦嘴里扳鱼像打架

哥哥去了不费二两劲啊

小大姐你为何不听哥哥话……

几天过去,两人就熟了。姜大号子收鸦时,千莲在哪儿掐芦叶,他就在哪儿上圩子。

千莲说:"以后别给我大鱼了,大鱼你要卖钱的。"

姜大号子说:"钱短人长。鱼是河里长的,又是鸦捕的,给你一点鱼有什么?"

千莲说:"老拿你东西,怎么好意思。"

姜大号子说:"哪家小孩子不要补养,我送你小孩儿的。"

千莲愣了一下,低下头:"我没……孩子。"

姜大号子说:"啊,对不起,对不起……"

姜大号子临走时,千莲从芦苇丛里拿出一包菱角给他。千莲说:"也是绿荷塘里生的,绿荷塘里采的。"

姜大号子说:"你客气了你客气了。"

千莲说:"拿回去给家里人尝尝。"

姜大号子说:"好哩,那我代孩子多谢你了。"

千莲说:"你有几个孩子?"

姜大号子说:"两个,都是男的。"

千莲说:"你真有福气。"

姜大号子说:"这算什么福气哟……我走了。"

"明天还来不来了?"千莲问姜大号子,心跳得厉害。

"不……来……"姜大号子含糊地说。

"来还是不来?"

姜大号子不作声了。

"明天,你要是来,就去老鸦岛那里。"千莲丢下这句话,先走了。

第二天下午,姜大号子去了老鸦岛。

千莲早就在那里等他了。

姜大号子把捕捅划到小船边上。一群鸦也跟来了。

千莲从一个布包里拿出了一块折叠的布,站到船尾,"哗"一声抖开,平铺到了船舱。原来,是被单,白底蓝花,闻得出香胰子味。

姜大号子扭头看他的鸦。

千莲说:"大号子,我还没生过孩子……"

姜大号子还是愣着。

千莲说:"大号子,我晓得你是正经人,你不要怕……你是帮我的……"

姜大号子这才上了船。到了船上,这个男人不再老实了,不再木讷了,他猛地把千莲抱住了,热烘烘的气息又把千莲熏倒了。

千莲怀上了。

千莲生孩子了。

一晃,好多年就过去了。

这天,千莲在河里下网。下了几张丝网,忙了半天,也没捞到几条鱼。她就收了网,划向老鸦岛,换个地方看看运气。

到了老鸦岛,也有几个人在捕鱼,不用网,也不放鸦,都是用的捕鱼器。

最后一张网下好时，千莲抬头，看到了一个人——姜大号子。他还是撑着捕桶，可是周围没有鸦，捕桶上横着带电线的竹竿。千莲站起来，看到了捕桶里的捕鱼器。

姜大号子对她笑笑："你也来了。"

千莲点点头，问他："你的鸦呢？不放了？"

姜大号子说："鸦死的死，老的老，小鸦一个也没有了。"

千莲问："小鸦呢？"

姜大号子说："现在四周的人都用捕鱼器，再用鸦捕鱼就落后了，它们捕了鱼还要吃掉一些，养鸦不划算了，老鸦下了蛋，我也就没让抱（孵）小鸦。"

千莲说："那些鸦多好……"

姜大号子叹了一口气："唉，我也没办法，两伢子上高中了，要钱花，不捕鱼不行。"

千莲点点头，说："也是。再想听鸦号子不容易了。"

姜大号子苦笑着："老啦……老啦，不喊了不喊了……"

姜大号子撑开了捕桶，说声"走了"，就走了。

一眨眼，只有一个影子了。

从那个影子的方向，传来了鸦号子：

一洼子的水一洼子的鱼呀

一洼子的金呀一洼子的银

小二郎放鸦放到东海边

回头看看还是绿荷塘美呀

回头看看小大姐你眼里一汪水……

千莲愣愣地坐着，丝网一动不动。

鸦号子越来越远了……

塘

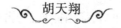

胡天翔

我还是更喜欢夏天。夏天来了，墙根下的阴影还有一人长，我就穿着小裤衩，或者什么也不穿，光着屁股朝村里的池塘跑。

我的左手拿根木棍，右手拎只红色的小瓷盆。我一边跑，一边用木棍敲着盆底，还大声吆喝："摸螺儿啊！摸鱼啊！"

我的喊声和木棍敲打盆子的声音，配合得很默契，此起彼伏。是的，木棍敲打盆子的声音是一种信号，我的喊声也是一种信号。

听到信号，杨红旗等十多个孩子也都往池塘跑。他们也拎着五颜六色的盆子，也像我一样，大声地吆喝着："摸螺儿啊！摸鱼啊！"

我们吆喝着，跑向池塘，像草丛里受惊的青蛙一样，扑通、扑通地跳进水里。

我端着一盆螺儿，从奶奶家门前走过，对坐在树下纳凉的四叔说："看一大盆螺儿，还有鱼！"

那神情，就像课本上的王二小把敌人带进了八路军的埋伏圈一样骄傲。

四叔笑笑说："螺儿不少，鱼就小了些，我捉的鱼都有娃娃一样大。"

对四叔的话，我是半信半疑的。鱼都有娃娃一样大，不成精了嘛？

晚上，端一碗螺儿肉到奶奶家。

奶奶却说："那还是小鱼哩，大鱼都像小肥猪，要一个大人才抱得动。"

看吧,奶奶说我们池塘里的鱼像小肥猪。四叔说鱼像小娃娃。到我呢,鱼只有鞋子一样大。

四叔初中毕业,没考上中师,心里难过,他常常一个人在塘边的树林里吹口琴。那时初中考中师比现在高中考重点大学还难。四叔早上吃过饭去吹,晚上吃饭前也去吹。

"你去陪陪你四叔,多和他说说话。"父亲说。

我和四叔坐在池塘边的树林里。树木又高又大,繁茂的枝枝叶叶纠缠在一起,遮蔽了夏阳炙人的热度。池塘里的凉气,丝丝缕缕钻进衣服里,吮走汗水,给人清凉。十一岁的我,不知道四叔吹的是什么,却觉得那声音和旋律,让人听了高兴不起来。

"四叔,您吹的是什么呀?"

"口琴。"

"四叔,您用口琴吹的是什么呀?"

"《梁祝》。"

"梁柱不是在房子上嘛?"

"不是房子上的梁柱,是《梁祝》。"

"四叔您吹的《梁祝》是什么呀?"

"你不懂,别乱问。"

"老师说不懂要问。"

…………

"四叔,您看有好多鸟飞到树林里啦。"

"我知道。"

"四叔,您没看怎么知道。"

"我看见它们映在水中的影子。"

"四叔,您看好大的鱼。"

"我知道。"

"四叔,您没看怎么知道。"

"我听见它'哧'的一声跳出水面,又'啪'的一声落入水中。"

…………

我的话多了,四叔就不理我,只低头吹他的口琴。琴声,像水面上荡开的波纹一样,徐徐地在空气中铺展。无话可说的我,抬头看看头顶的树叶,低头瞅瞅波光不兴的水面。池塘南面的树林里,有两只斑鸠在一棵大杨槐树枝头上飞来飞去,忙着搭窝。

夏夜,我是和四叔睡的。拿扫帚在大树下扫一片净地,洒清水去尘降温,铺席片儿在地,垫鞋子在席下当枕头,四仰巴叉朝席子上一躺,肚子上搭一条薄薄的毯子,任凉风徐徐吹着,听纺织娘、金蝉子、地蛐蛐、红蚰蜒的叫声从墙根下、草棵子里传来,我一会儿就能睡着。

四叔却常常睡不着。我总听见他在不停地叹气。他叹一口气,就会翻一下身,然后再叹一口气,又翻一下身,好像他身下不是席子,而是一堆碎石头。有时候,四叔还一动不动地坐着。夜在虫声悠长的鸣叫里走向深处,月亮爬上了头顶的天空。好不容易就要入睡的我,却被一阵好像屋檐滴水的声音惊醒。

四叔没有回到席子上,我听到他的脚步声越来越远。我坐了起来,看见四叔的身影朝池塘的方向去了。这么晚了,四叔去池塘干什么?我连鞋子也没穿,光着脚板,在后面悄悄地跟着。露水和夜风凉了被阳光烤热的大地,月光从树缝里漏下来,跌落了一地的碎片,光着脚板走在上面,像踩着一块块圆润温凉的玉。四叔穿过树林,来到水塘边,停了下来。

四叔干什么啊,四叔要跳沟(自杀)吗?四叔没有考上学想不开?站在树林里,我吓得心里"怦怦"直跳!

四叔真跳到水里了。天啊,我吓傻了。四叔却从水里冒出来了,大口大口地吸气,就像胸中被什么堵着了一样,他不停地呼吸,要把它们吐出来。四叔像一条大鱼一样,"哗"游到这儿,"哗"又朝另外一边游过去。四叔就那么没有方向,没有目的游啊、游啊,像要把身上的劲使完似的。看来四叔不是要跳沟。过了好一会儿,四叔累了,我看他躺在水中,浮在水面上,一动不动。他就那么静静地漂着、漂着……

见四叔要上岸了，我从树林里溜出来。躺到席子上，听见四叔的脚步声，我闭上眼，身子一侧，假装睡着了。四叔躺了下来，他再也不叹气啦！他再也不翻身啦！一会儿，我听见了他的呼噜声。我却睡不着了，就那么睁着眼，睁着眼……

三天后，四叔跟着我们家的一个亲戚去南方打工了。

四叔留下一封信，说："不混出个样子就不回来了。"

日子一晃，十年就过去了。师专毕业，在家待业的我站在故乡的池塘边，看着塘边枯死的水柳，看着一群孩子在长满荒草的池塘里玩耍，我常常想起童年的池塘，想起让四叔平静、给四叔勇气的那一池清水。

我们的一池清水，去了哪儿呢？

井

胡天翔

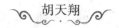

井里有鱼！井里有鱼？

考了小升初，有两个月的假期哩，我和杨红旗没事就去池塘里钓鱼。那些咬钩的鱼儿又小又滑，扯住鱼钩上的蚯蚓就跑，鱼浮子被拉得沉了又浮，浮了又沉，你一拉鱼钩，什么也没钓住；有时，鱼钩钩住小鱼的肚子，被拉了上来。钓着，钓着，杨红旗烦了，就把鱼钩甩进池塘边的井里。鱼钩刚沉下水，杨红旗又提上来，大惊小怪地说井里有大鱼。

我不信井里有鱼。

杨红旗让我看他的鱼钩说："蚯蚓都被鱼吃掉了。"

又钩住一条蚯蚓，杨红旗把鱼钩甩进了井里。看杨红旗满怀信心的样子，我也把鱼钩甩进了井里。

"你就像那一把火，熊熊火光照亮了我……"杨红旗得意地哼着小曲，我则紧紧盯着鱼浮子。

我们没注意队长杨喜从村子西边过来了。走到井边，杨喜一把揪住了杨红旗的耳朵说："小屁孩，不知道井水是用来吃的吗，在井里钓鱼！"

"井在俺宅子里，想钓就钓！"杨红旗一扭头，挣开了杨喜的手。杨红旗有点不服气。是啊，我们队的井确实在杨红旗家的宅子里。

"小崽子，井在你宅子里，就是你家的了？我看你爹敢说井是你家里的吗？杨铁头，你给我出来！"杨喜喊杨红旗的爹杨铁头。

杨喜话声一落，杨铁头就从屋里蹿出来了。

看见爹来了，杨红旗拿着鱼钩杆跑了。

见杨红旗跑了，怕杨喜找我的事，我也拿着鱼钩杆跑了。

傍晚，我跟着四叔去井里打水。四叔挑着扁担，一头挂一个水桶。到了井边，四叔用扁担上的挂钩钩住水桶，往井下一顺，左漾右摆，水桶一歪沉进水里，咕嘟，水满了。哗一声，提上一桶水；哗一声，又提上来一桶水。水清得见桶底，哪里有一条鱼的影子。

其实，杨红旗没说假话。井里确实有鱼。

那个夏天，天又热又旱，连着一个月没落一滴雨，再加上村里人抗旱浇地抽水，池塘里的水落下去了大半截，那些大鱼在水里游，都能看到脊梁骨了。起鱼的日子来了，村里的男女老少都下塘捉鱼，有网的拿网捉，没网的拿鸡罩罩，没鸡罩的用手摸。池塘里成了一片泥浆。鱼起了，堆在一起的鱼像一座小山；按照放鱼的份子钱，不说每家都分得鲢鱼了，光逮的鲫鱼、鲶鱼都有十几斤。晚上，村子里弥漫着炸鱼块、炖鱼汤的香味。

塘里的鱼起了，井里的水却浑了，提上来的水还带腥味。该洗井了，村里的年轻人挑着空桶来了，一桶桶水打上来，倒进池塘里，井里的水越来越少。杨红旗往井边上凑，又被杨喜揪住了耳朵。

"小崽子，井是你家的，你下去清淤吧！"杨喜说。

"他？蛋子还没长硬哩，让他爹下去还差不多！"四叔说。

"有你胡老四，用得着俺？俺倒淤泥还差不多！"杨铁头说。

扁担已经够不到了，换了长竹竿。两只水桶一齐下井，一桶桶浑浊的井水哗哗地倒进池塘里。水桶的底粘上黄泥了，井里的水不多了。该下井清淤泥了，粗缏绳拿来了，一头拴在井旁的树上，一头拴在四叔的腰上。四叔抓着绳子下到了井底。他只穿了一个大裤头。没想到井里真有鱼。四叔共扔上来六条鲫鱼。

"我说井里有鱼，没骗你吧！"杨红旗得意地说。

水桶放下去了，一桶桶泥水拉上来了，一桶桶淤泥清上来了，杨铁头都倒在他家的杨条树根上。让杨红旗高兴的是，淤泥里竟爬出来八条泥鳅。井洗了，被堵的泉眼又渗出了清清的泉水；泉水越涌越多，四叔被拉了上来。

"洗井还能逮鱼，明年，咱俩也下去洗井吧。"杨红旗对我说。

"中啊，到时候，看谁还说你的蛋子没长硬！"我说。

过了七月，我和杨红旗去陈店读初中了。上学、放学，我俩常说起洗井的事。我们盼着洗井的日子快点来！

洗井的日子没来，打压井的人却来了。杨喜家先打的压井。压井打得深，轧上来的水比井水还清。

前后左右的邻居，都去杨喜家轧水，杨喜的老婆便有意无意地说，半年，他们家的压井就换了三个皮垫子。谁家有也不如自己家有方便哩！村子里，越来越多的人在家门口打了压井。连杨红旗家都打了压井。守着土井，杨铁头也不去打水了。

村里人不吃井水了。土井没人管了，井里落满了枯叶树枝。有一只翠鸟在井壁上凿了一个窝，从井里飞进飞出，去池塘里捉鱼。池塘里的水越来越浅，井里的水越来越黑，那些树叶枯枝把井水沤臭了。村里人都用压井了，土井没人来打水了，杨喜也就不喊人洗井了。

在陈店初中，杨红旗只上了一年学，就不上了。

杨红旗说："日他娘，语数外没有一门及格的，还是给俺爹省俩钱吧。"

不上学了，杨红旗跟着搞建筑的人出去打工了。

没人洗井了，井里的水越来越浅，淤泥越积越深。终于，在我考上高中的那年冬天，趁杨红旗打工回来，杨铁头叫着儿子从地里拉回来三架子车黑土，把井填平了。春天来了，杨铁头在填平的井里挖了一个树坑，栽上了一棵白杨树。那棵白杨树长得很快，三年就碗口粗了，比那些早栽两年的树长得都快。

井都没有了，我和杨红旗还洗个啥。

我上学，杨红旗打工，我们都成了背井离乡的人。

金丝猴之死

张爱国

　　我和阿流是野生动物保护协会的志愿者。去年冬,大学同学李响给我打电话,说他当护林员的父亲病了,需要到医院看病,希望我们能接替他父亲工作一段时间。我和阿流很高兴,因为我们早听说他父亲的那片林区有一群可爱的金丝猴。

　　上山那天,天空阴暗,北风呼啸,大雪即将来临。进了山,才知道山里已经下了雪,白的山、白的树、白茫茫的天,混合在一起,直给人梦的感觉。

　　在李响的带领下,我们顶风冒雪在山里转了一圈,看见了很多从没见过更叫不上名字的鸟兽,可就是不见梦寐以求的金丝猴。李响说:"那些家伙可不好见,除非没了吃的。"

　　第四天中午,我们正围着火盆聊天,就听外面有什么响声。我和阿流急忙跑出去,好家伙,门前的空地上,蹲着一群金丝猴,浑身瑟缩,丝毫没有印象中调皮的猴相。金黄的身上覆盖着一层薄薄的白雪,白脸上,点缀着两只黑色小眼珠和两个没有鼻梁拱护的小鼻孔。

　　或许是因为我和阿流这两张陌生面孔的缘故吧,见了我们,它们纵身逃出了三四十米外,警惕地看向我们。李响拿出几个玉米棒子,揉下一把玉米粒,撒到空地上,"叽叽"叫唤。小家伙们慢慢靠近,但仍然警惕地看着我和阿流,不敢吃,直到我和阿流也撒下玉米粒,学着李响的叫声,它们才跳过来抢食。

十几个玉米棒子吃完了，李响又拿出几个苹果和香蕉，扔给几只年老和年少的金丝猴。几只半大的金丝猴立即来争抢，一只体型最大的母猴一声尖叫，半大的家伙们乖乖地松了手，继续在雪地里寻找玉米粒。

我叫李响再喂点，李响却关了门，说："够了，不能喂多。"我想说李响太小气，但一看房里的玉米棒子和水果不多了，要是将它们喂饱，不出一个星期就没了。

第二天上午，李响得到通知，他父亲需要到城里住院，让他快下山陪护。李响让我和阿流留在山上，自己立即下了山。

几天后的一个中午，大雪还在下，金丝猴们又来了。看上去，它们比上次更冷更饿，一个个抖成了一团。我和阿流赶紧给它们喂了十几个玉米棒子，又拿出水果扔给年老和年少的。那几只半大的家伙又过来争抢，那只母猴叫了几声都不起作用，就跳上去揪打它们。它们没办法，将抢到手的水果狠狠咬一口，才不情愿地丢下。

我和阿流于心不忍，又抱出十几个玉米棒子来喂。它们很快又吃完了，却仍然赖着不走。我和阿流一商议，索性让它们吃个饱……

终于吃饱了，仿佛是报答我们，小家伙们当着我们的面，玩耍、打闹起来。

两天后，它们又来，我和阿流又给它们喂了个饱。

房子里储存的食物没有了，我和阿流就到山下一个小市场买来食物。

此后，它们每隔两三天就来一次，每次我们都给它们喂饱。看着它们越来越胖的身子，越来越活泼的身影，我们往山下买食物的脚步更勤快了。

清明节前，李响父亲的病好了，我们该离开了。那天，我和阿流买了两大袋面包和水果，给这群小东西举行了一顿盛宴，直撑得它们最后拿着面包、水果相互投掷和打闹，我们才依依不舍地下了山。

今年春节，我给李响打电话，说想再去看看那些金丝猴。不料李响一声长叹："哪里还有金丝猴了？"

"发生了什么?"我惊问。

"还不是你和阿流做的好事!"李响说,"像人一样,金丝猴也有惰性,你们两三个月里尽给它们喂饱,它们以为从此就可以衣食无忧了,所以今年秋天它们一改往年采摘、储藏食物的习惯,只一味玩闹。入冬后,它们每天都找我父亲要吃的,而我父亲并不知道它们没有食物,仍然像以前那样只是在十分寒冷的时候给它们少许的食物。于是,它们都饿死了。"

"怎么会这样?"我对着电话喃喃地说,"敢情,我们对它们的好,是对它们的……"

"是对它们的伤害!"李响说,"记住了,不论对谁,过分的爱,就是伤害!"

诱　狼

张爱国

　　大雪整整下了一个月,一停下,猎人就迫不及待地来到树林里,等待那只母狼。

　　太阳就要落山了,母狼还没有来。莫非它不会来了? 猎人思忖着,不可能,即使它能忍得住饥饿,它的两只幼狼也是绝对忍不住的。

　　就在猎人的耐心将尽的时候,树林里伸出一颗灰褐色的头颅,猎人一眼就认出是那只母狼。它四下一番张望,大概是认为没有了危险才慢慢走出来。血腥的记忆让它不得不这么做,这个冬天,它家族的七只成年狼,除了它,都成了猎人的盘中餐和袋中钞票。

　　看着母狼明显消瘦的身子,猎人的心很疼,既为那白白流失的肉,更为那宝贵的皮——瘦狼的皮易脱毛、没看相,卖不上好价钱。

　　母狼已到了射程之内,但猎人不能开枪,因为一枪下去,至少要在它的身上留下一个窟窿,那样的皮更卖不上好价钱。

　　母狼突然停下脚步,昂头,嗅鼻。它似乎嗅到了猎物的味道,一只被猎人折断了腿的兔子。然而,不知是饥饿和胆怯使它的嗅觉失灵,还是兔子的生命气息越来越弱的缘故,它又失望地低下头,意欲走开。好在那只兔子发现了它,本能地发出恐惧的叫声。母狼一看,冲过去,两只前爪摁住兔子,张开了嘴……

猎人激动极了,只要它咬一口兔子,他就成功了——兔子身上被抹了毒药。可是,就在母狼大张的嘴即将挨上兔子的一刹那,却突然丢下兔子跑进树林。

可恶的畜生,竟然识破了计谋。猎人很懊恼,一定是一个月前死于同样计谋的公狼的遭遇唤起了它痛苦的记忆。

猎人必须筹划新的计谋,他不相信凭他作为一个人的智慧就战胜不了一个畜生。

三天后,当那只母狼又出现时,猎人的心一阵剧痛——它更加消瘦了。它虽然还是很警惕,但跟跄的步伐里明显多出了急躁。猎人知道,为了幼狼,它今天必须找到食物,它体下被幼狼抓咬得血肉模糊的乳头就是明证。

这次,猎人为母狼准备的是它的"公狼"——猎人将那只公狼的皮囊塞满了海绵,固定在一个做了伪饰的陷阱上。

发现"公狼"时,母狼稍一吃惊就跑了上去。为了避免它发现破绽,猎人摁一下手里的遥控器,"公狼"发出一声狼叫声。猎人本以为它听到叫声后会更加不顾一切地冲过去,没想到它却停下脚步,仔细看了看"公狼",突然蹿进树林里。

猎人狠狠地给了自己几个嘴巴,骂自己自作聪明,多此一举,十足的猪脑子:凭狼的听觉,能分辨不出它的公狼的叫声?

猎人决定采用对他来说是最辛苦的一招。

猎人踩着没膝的雪,在树林里攀爬了三天才找到那只母狼的巢穴。母狼不在,两只幼狼中的一只已经死去,另一只骨瘦如柴,浑身颤抖,伏在地上,不时地伸舌舔舐一截干枯的兽骨。见了猎人,幼狼竟然晃悠悠地站起来,轻飘飘地走向猎人,它大概误以为猎人是给它送食的吧。

猎人抓出幼狼,为了不让它立即死去,给它喂了点牛奶,然后固定到陷阱上那只"公狼"的身边。

母狼很快就找来了。它完全没有了前两次的小心和警惕,惨叫着跑向幼狼,干瘦的身子直被风吹得打趔趄。就在猎人认为母狼这次一定会掉进

陷阱的时候，母狼却在陷阱的边沿站住了，直盯着幼狼，凄惨地叫着。约莫半分钟，母狼开始绕着陷阱走。三四圈后，母狼跨上那根架在陷阱上用于伪装的树枝，颤巍巍地走向幼狼——它要救走幼狼。

猎人赶紧大叫，想让母狼受惊吓而跌进陷阱，可它仿佛听不见。猎人又向母狼身旁放了一枪，可它还是毫无顾忌，只专注地走向幼狼。

眼看母狼就要挨上幼狼了，猎人慌了，对着幼狼"砰"的一枪。幼狼中枪，掉落陷阱。母狼没有叫，也没有跑，扭头看看树上的猎人，看看陷阱里的幼狼，又看看"公狼"，突然一声惨叫，扑向"公狼"，抱着它一起滚进陷阱。

猎人得意地从树上跳下，活动活动冻僵的手脚，走过去，掀开陷阱上的伪饰物，不由得大惊：母狼已将公狼的皮囊撕成碎片，正在拼命地撕咬、抓扯着自己的皮毛。

陷阱里，一片血腥！

痴心戈尔

赵悠燕

一天,李尔扔垃圾的时候,在垃圾箱旁看见了一只狗。狗灰尘满面,浑身上下十分肮脏,看不出毛色,左耳血肉模糊,一副饥饿相。

李尔动了恻隐之心,他从家里拿来包扎的药,还在小卖部买了火腿肠让它吃。但狗仿佛不领情,露出凶相,朝李尔吼叫。李尔躲到一个角落里,狗四顾无人后开始吃东西。

第二天,李尔上班经过垃圾箱,那只狗不见了。李尔想那八成是只流浪狗,不知它耳朵上的伤好了没有?

半个月后,李尔去几十里外的奉城办事,回来的路上在一个垃圾箱旁又看见了那只狗,它仿佛更瘦更脏了,围着垃圾箱不停地打转吠叫,看上去疲惫不堪。刚好附近有家狗食超市,李尔进去买了几听罐头,打开来放在狗面前。狗显然认出了李尔,知道他没有恶意,不再吠叫,很快埋头吃了起来。

就这样,它跟着李尔回了家。李尔给它洗了澡,才发觉这是一条浅灰色皮毛的狗,从头部往脚下颜色递深,眼眶、爪子和前胸点缀着耀眼的白花,眼神温顺而又倔强。洗过澡后的狗看起来显得精神多了,李尔给它起了一个很洋气的名字"戈尔"。

但戈尔对这一切似乎不领情,每隔几天便要跑出去一趟,回来的时候总是又脏又瘦。于是,李尔给它上了锁链。但只要李尔一打开锁链,戈尔便会

乘他不备一下子冲出门去。李尔为这条狗伤透了脑筋,他开始有些后悔收养这条狗,因为他发现自己对它有了感情。

这次,戈尔跑出去的时间有点长,七天了还是杳无音信。那天,李尔开着车沿城寻找,找了大半天,终于在郊外的垃圾箱旁看见了又脏又瘦的戈尔,只见它朝一个肩背编织袋捡垃圾的人边吠边追,被追的人烦了,回过头拿手中的棍子吓它。戈尔停住了,它失望地转过身又跑了起来。

李尔回到家的时候,戈尔已等在门口,一见李尔,它便主动凑上去低首俯耳地亲热。李尔蹲下身摸了摸它的头说:"你为什么老是往垃圾箱跑呢?难道你以前的主人是捡垃圾的吗?"

谁知,戈尔一听"捡垃圾"这三个字,突然兴奋地"汪汪"叫起来,边叫边咽唾沫,还高兴地直摇尾巴。李尔有些失望,再怎么说,他这儿的条件总比捡垃圾的主人强多了,何况,他养了它已半年多了呢。

这以后,戈尔好些日子没跑出去,即使出去,第二天就回来了。它对李尔仿佛逐渐有了亲热感,早晨李尔去上班的时候,它就叼着他的包送到李尔的手上。晚上李尔回到家,它就围着李尔撒欢,舔他的手。李尔不再用锁链锁它,有时还带着它在小区内散步。它也变得越来越强壮,飞奔起来的时候,贴着地面滑行的样子就像一只矫健的狼。

那天的事情来得没有一点儿征兆。下午,李尔带戈尔走在小区的绿荫道上散步,一个肩背大编织袋、衣裳破旧的拾荒人两眼死死地盯住了戈尔,然后他叫了一声:"欢欢!"戈尔听到他的叫声,咧开嘴,立刻高兴地迎着他跑过去,它的耳朵往下耷拉着,闻闻他的手便舔了起来。

李尔心里咯噔了一下,他说:"它现在叫戈尔。你认识这狗?"

"对呀,那狗就是我的,后来它自己跑丢了。你瞧它见我时的那副亲热劲儿,就知它对我有多黏糊了。"拾荒人转了一下他的小眼睛,边逗狗边说。

李尔说:"你想带它走?"

拾荒人看了一眼李尔:"你知道只要我一招呼,它就会立即跟我走。除非……"

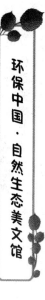

李尔一下就看出了他的心思:"说吧,你要多少钱?"

拾荒人伸出两根手指,说:"你也看出来了,那是一条好狗不是。两千,两千怎么样?"

李尔低头看了看戈尔,它趴在他们中间,脑袋低低地放在前身上,耳朵却竖起来,谁说话,它就抬头望着谁。

拾荒人见李尔沉默,说:"这可是一条能干的狗,我还真舍不得呢。"

李尔掏出钱包,飞快地数出两千元钱,有些厌恶地塞到拾荒人手里:"拿去吧,以后别再让我在这儿看到你!"

拾荒人用手指蘸了一下唾沫数起来,然后他笑眯眯地拍了一下戈尔的脑袋说:"去吧欢欢,跟新主人吃香的喝辣的去吧。"

戈尔仿佛有些懂了,它满地乱转,咬自己尾巴,嘴里呜呜哀鸣。

拾荒人渐渐走远了,戈尔出神地望着他的背影,又谨慎地望了一下李尔,嗅了嗅他的手。突然,他一跃而起朝着拾荒人飞奔起来。李尔心里很失落,站在那里看着戈尔似箭般追上了拾荒人。他看见拾荒人骂它,用脚踹它,但戈尔仿佛铁了心跟他,一边蹦蹦跳跳卖着乖,一边可怜地摇着尾巴讨好着旧主人。

"快滚,你这只缺耳朵的癞皮狗!"这次李尔听清了,拾荒人边骂边抡起棍子使劲敲了一下戈尔,戈尔哀号了一声,慢慢地趴伏在地上,呆呆地看着拾荒人渐渐走远。李尔走过去,在戈尔身边蹲下来,他看见戈尔温顺而又倔强的眼神里满是令人心碎的哀伤。

突然,戈尔立起身来,它飞快地朝着对面的墙冲过去,在李尔还没反应过来它到底要做什么的时候,戈尔的身体已缓缓地瘫软在墙下,雪白的墙上,开了一朵灿烂耀眼的血花。

我是桑塞

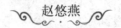

赵悠燕

　　主人总是喜欢双手插在兜里带着我溜达,嘴里翻来覆去哼着一首曲子。他走路的样子很帅,常常,我故意落在后面,对他的背影发会儿呆,然后,不等主人招呼,我又很快跑到他前面去了。

　　我长得不好看,灰白色的毛长短不齐,耳朵耷拉在脸的两侧,一双不大的眼睛被长长的毛覆盖住了,尾巴又短又粗。跟我的主人相比,我有点自卑。好在,主人一点也不嫌弃我。他喜欢叫我"桑塞",一个很拗口奇怪的名字。既然他这么叫我,那么我就叫桑塞好了。

　　一条野狗从田间蹿出来冲着我凶凶地叫,我站住,四只脚弓着,对它龇牙咧嘴报以威胁性的咆哮。野狗退了两步,低下头,跑到我跟前闻我的下身和腹部,然后用温顺的目光看着我乞求原谅,我很受用地闭着眼哼哼着。

　　"桑塞! 桑塞!"主人在前面叫唤我,我急匆匆跑过去,再次进入他的视野,我看着他,突然觉得沮丧和忧伤。

　　主人托起我的下巴问:"怎么了,桑塞? 你好像有点不开心哦。放心吧,城里有高楼大厦、公园、汽车,好多好多玩具,很好吃很好吃的东西,还有许多跟你一样的漂亮伙伴哦。"

　　我不说话,只是用鼻子依恋地磨蹭着他棱角分明的脸,我想,如果主人知道我的计划,他也会像我一样忧伤的。

我们回了家，我知道这是最后一次跟着主人散步了。我趴在院子里的泥地上，看着远处茂密的树林，农家屋顶上的袅袅炊烟，院子里熟悉的花草和矮矮的灌木丛。在这里，我和我的伙伴们无忧无虑地四处闲逛，夏天在河里洗澡、玩耍，寻找好玩的宝贝。有时，我们什么都不做，安静地四肢摊开躺在草地里，看阳光一点一点地从我们的身上移到晒谷场上，在那儿，金灿灿的谷海亮花了我们的眼，我和伙伴们趁主人不注意，偷偷地跑过去，在谷堆上嬉戏玩耍。

主人在打电话，我伸出前爪抬起后背，耳朵竖了起来。一会儿，我听到摩托车发动的声音，我跑出院子，看见主人骑在摩托车上呼啸着绝尘而去。

我有些留恋地环顾了一下四周，然后跑了起来。我一直跑到了村口，没有人注意我。我又使劲地跑，只觉得热血沸腾。我跑过了大毛家的畜棚，跑过了村主任家的养鸡场，跑过了王寡妇家那低矮的房屋。路很长，但我不怕。风在耳边呼呼地吹，鸟在树枝上唧喳乱叫，白云在天上急急飘过。我跑着，终于，我看到了那座桥，我知道，只要过了桥，我很快就能找到我的藏身之地，然后，等主人离开，我就能永远留在村里。

这时，我听到了叫喊声，起初声音从远处传来很低沉，我停顿了一下，声音似乎清晰了起来。"桑塞！桑塞！"我又连忙飞跑起来，那是主人焦急的呼喊声，还有摩托车"突突突"的声音。

"桑塞，桑塞！你在哪里？快回来啊！"呼唤声依然继续。我终于跑上了桥头，片刻的静默之后，呼唤声变得柔和起来："桑塞，我们回家吧。"我心一酸，突然想起以前和主人相处时的点点滴滴：主人在我生病时彻夜不睡对我的照料，每天带着我散步时的形影不离，烦恼时对我的喃喃倾诉……主人从没把我当成一只狗，他把我当作他忠心的朋友。

想到这里，我犹豫了起来。我在桥头上来回打转，是走还是留？

可是，我不喜欢去城里，那儿空气污浊，车流拥挤，那儿的狗成天被关在盒子一样的房子里，脖子上还被拴着狗链，即使出门也被拴着。那儿的人心更加叵测，他们把狗当作宠物而非朋友。一旦年老或残疾，他们就随意地把狗丢弃,甚至,他们还残忍地杀狗吃肉。我知道,人是个善变的动物,到了城里,主人也会慢慢变得跟城里人一样。

"桑塞!桑塞!"主人的叫声越来越清晰,远远地,我看到了主人那个健硕挺拔的身影。我充满深情地看了主人一眼,扭转头全速跑了起来。我觉得自己从来没有跑得这么快过,即使被村子里的恶狗打得落荒而逃的时候也没这么拼命地跑过。我跑,沿途的岩石也不能让我放慢速度,甚至,我顾不上荆棘丛中锋利的刺划破了我的腿。我跑过了桥,跑上了公路,跑到了山洞边。主人的声音渐渐远去,我站在那儿,仰起头,朝着消失成一个模糊黑点的主人身影哀伤地长叫了一声。

身后的狼

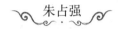

朱占强

我们公司资不抵债，被一家私营企业收购。在最后一次全厂职工大会上，行将离任的厂长说："是机遇也是挑战。"纯粹的官话套话安慰话，机遇如雾里看花水中望月，挑战则是必须面对失业的现实。

一筹莫展之际，我突然想到了常明。

我和常明是高中时的同学，彼此好得就像一个娘养的兄弟。后来常明考上了大学，我顶替退休的父亲参加了工作。道不同不相为谋。虽然生活在同一座城市，由于相距较远，渐渐断了联络。据说那小子现在混成了"四有"新人，跑步进入了共产主义。如果他能现身说法指点迷津，对我的角色转换肯定大有裨益。

好不容易联系上常明，他约我在一家小酒馆见面。

握手，寒暄，拥抱，虚假的热情。

我们要了两盘时鲜小炒，两盘冷拼。常明还是原来的秉性。干过一杯劣质白酒，他大大咧咧地说："兄弟，是不是遇到了难处？有事你说话！""没什么事。"我笑了笑，"就是想找你聊聊！"

"聊聊？"常明似乎感到意外。他望着我愣了片刻，迷惑的一双眼睛旋即变得潮润。然后，他重重地拍了拍我的肩膀。于是我们聊了起来。常明问起我现在的处境，也许出于虚荣的自尊，或者担心带有功利色彩的谈话会破

坏久别重逢的融洽气氛，我没有告诉他失业的遭遇，只说还在原单位混，日子过得一直不坏不好。

突然想到一个话题。

我说："常明，你读大四那年，我给你寄过几封信，怎么不回呢？"

"我去了可可西里。"

"干什么？看藏羚羊？"

"也是，但不全是。"

常明原本热情洋溢的神情陡然变得阴郁。他沉吟片刻，顾自干掉一杯酒："说来话长。我去可可西里，是为了赴一个爱情之约。读大二那年，我处了一个女朋友，叫琳。琳有着非同一般漂亮女孩的气质和风度。我们说好的，毕业后去一趟可可西里，看藏羚羊，也让广袤的荒原戈壁见证我们伟大的爱情。

"没想到，我们曾经海枯石烂也不变的爱情竟然脆弱得不堪一击。升入大四那年，琳竟然爱上了他们班里的一位男生，理由简单却充分，那位男生家里非常富裕，能让她一生幸福。我向来信守诺言。同琳分手的第二天，我背起行囊，孤身一人去了可可西里。

"进入可可西里腹地后，我迷了路。我本就是奔着为爱情殉葬才去的，所以并不畏惧死亡。在那里，我见到了一群藏羚羊，它们并不怕人，好奇的眼睛里流露出不设防的善良和纯真。看到藏羚羊的那一刻，我哭了，哭得天昏地暗——为了逝去的爱情。"

常明泪眼闪烁。我们默默地干掉一杯酒，他接着说："那时候，我的身体已经相当虚弱。我打算一直走下去，走向爱情的地老天荒。就在告别藏羚羊的当天下午，我下意识地偶然一次回头，突然发现身后跟着一条狼。那是一条瘦骨嶙峋的老狼，眼睛浑浊无光，脑袋无力地耷拉着，身上凌乱的背毛枯草一样干燥晦暗。它大概有一段时间没有捕获到猎物了，它用渴望而饥饿的眼神望着我，我走它走，我停它停，始终保持十几米远的距离。我们差不多势均力敌。由此足见它的狡猾——它在等待着我的生命之火最后熄灭,然后不费吹灰之力吃掉我。

　　"我清楚地意识到了自己的结局。按我当时的心境,如果被一条健康的狼吃掉,倒也认了。但让这样一条丑陋的狼吃掉自己,怎么都感觉死得龌龊。在我生命的绝境中,那条偶然出现的狼唤醒了我本能的求生欲望。为了尽早走出荒漠,我扔掉了所有行李,只把剩余不多的水和干粮带在身上。

　　"尽管十分节省,三天后,水和干粮还是用光了。饥渴难耐,有几次我突然回头袭击那条狼,每次都被它逃掉了,它依旧保持一定距离跟在我的身后。那时候我已经虚弱不堪,神智昏迷,我们追逐的样子就像两个趔趔趄趄的醉汉。

　　"靠偶尔能捕捉到的蜥蜴和挖草根果腹,我又坚持了几天。我神志清醒的时间越来越短,跌跌撞撞地朝着未知的前途奔命。摔倒,爬起来;再摔倒,再爬起来。我极其疲倦,但生命拒绝死亡,仍然支撑着我往前走。那条狼的情况也比我好不到哪里去。有一次,我在昏迷中隐约听到耳边有呼哧呼哧的喘气声,我突然惊醒,把那条狼吓得一瘸一拐地往后跳,它太虚弱了,一个趔趄摔倒在地。其情景令人捧腹,但我并没有感到好笑。

　　"大概两天后,我终于看到了一座蒙古包。最初我以为那是幻觉,因为那时我的眼前经常出现各种幻觉。我想喊,但喊不出。在一次爬向蒙古包的长时间昏迷中,我感觉有舌头在舔我的手——那是狼在试探——狼的耐性大得可怕,而人的耐性也毫不逊色。从断粮那天起,我们一直都在寻找机会攻击对方。我等待着。当那条和我一样奄奄一息的狼用尽身上最后的力气,努力地把牙齿插进我的手背的时候,我顺势攥住了它的下巴。一切都很缓慢,狼虚弱无力地挣扎,我的那只手虚弱无力地攥着。这样僵持了足有半个小时,我终于把身体压在了狼的身上……"

　　"后来呢?"我好奇地问。

　　"喝过狼血,爬向蒙古包,好心的牧民救了我!"

　　故事讲完,常明已经泪流满面。他下意识抹了一把脸,然后说:"这么些年,你知道我怎么过来的吗?"他自问自答:"从可可西里回来后,我被学校开

除了。为了谋生,我在建筑工地当过小工,摆过地摊,擦过皮鞋,甚至给饭店刷过盘子洗过碗。每当遇到挫折的时候,我就会想起可可西里的遭遇,感觉背后有一条狼在虎视眈眈——你要么被狼吃掉,要么战胜它……"

撵山狗

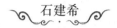

石建希

　　西河山多，山上是厚厚的毯子样的树林子，林子里多的是野兔、野鸡、野猪等走兽飞禽。西河的狗也多，但能撵山逐猎的猎狗——西河人叫撵山狗的宝贝很少。

　　撵山是肚子吃饱了拿来耍的闲事。西河山上的老乡是不兴撵山的。撵山，撵山，那是要在山上追着跑的事情，除了人要累得不行，还得有条顶呱呱的猎狗。

　　西河最有名的撵山狗得数村上学校老万的那条赛虎。好在哪里？懂狗性的人看狗，是琢磨狗的站姿身架，这赛虎往地里一站，前脚自然岔开，后腿紧夹，一副跃跃欲试的样子，就是不懂狗的人一看赛虎，也知道是个厉害角色，别看赛虎还没有一般的看家狗身架子大，但哑口无声中，精瘦干练的身体往外涌着一股无形的杀气，耳朵也笔直地立着，连一点折都不打。

　　赛虎不是西河的土产，是老万从大凉山的卫星基地带回来的猎狗。大凉山里能驱狼放牧的猎狗多啊。

　　赛虎的成名一猎，是一夜之间拿住了五只兔子。那时，老万已经是村上学校的负责人了。暑期的天正热，老万就牵着赛虎进了山，倒不是贪图夜里的山上天气凉爽，实在是老万摸着猎枪就有热血在身上奔涌。

　　赛虎很会撵骚。西河人用山上野物身上发出的独有的骚臭味代替野

物。大的野兽叫大骚，小的野兽叫小骚。猎狗的好劣全在一张鼻子上，乱草中荆棘里，哪是野兔来回的道，哪是野猪的窝，全在猎狗的鼻子下。

老万嘴唇一噘，赛虎就像一道黑色闪电刺进夜幕里树林中去了，悄无声息。

不一阵儿就听见草丛里传来一阵乱响，接着南山坡下传来赛虎响亮的叫声。赛虎已经撵上骚了。老万冲过去，上山野猪下坡兔，那可是打猎的好机会。浅浅的月色下，赛虎把一窝野兔逼在了坡上。老万抬手就是一枪，枪响弹落，一团铁砂就罩住了一只肥大的野兔，枪声之中，赛虎应声跃起，扑向另一只野兔，野兔已经在地上转了一个身，射向旁边一个草丛，赛虎在空中一扭身子，张开白森森的牙齿，径直落入草丛，那野兔已经隐入草丛，只留下一线脊背在草外面，赛虎的牙齿就在那唯一露出的兔颈上咬了一口，野兔立时触电一般倒下，赛虎刹不住身子，直接从草丛中滚了出去。等到老万把两只野兔拎起来，赛虎回来了，嘴里还叼着一只灰色野兔。

老万捧起赛虎的脚，看看有没有荆棘陷在里面。老万马上剖了一只野兔，就是自己猎枪打下的那只，把兔子的内脏喂了赛虎。

那天，赛虎打回来五只野兔，正好和村上学校的老师人数相同。大热的夏秋之际，老万就办了一次兔子宴，请老师们吃饭。

老万喂了赛虎回来，正听见灶房里两个年轻教师对肉的赞美。能不赞美吗？已经快有三个月没发工资了，总不能老是指望着从家里舀粮食来。

风卷残云般解决了桌上的兔子。老万有些愧疚，自己这个负责人没有负起责呢，老万有些担心，养不起生活，这学校留不住年轻人呢。老万拍着胸口说："开学就发工资，欠多少，发多少。"

新学期一开始，老万用收上来的学费给村上学校的教师发了工资。老万知道，截留挪用学费后果是很严重的，但真没人想到县教委新来的领导正根据上级的指示解决拖欠教师工资的问题。

老万当时虽免予处分，但这一学期结束，老万被调到镇上学校，校长自然是没得当了。

回过来说赛虎。赛虎打过最大的猎物是一只百十来斤的野猪。那时，老万已经是镇上学校的负责人了。老万碰上伯乐了，发展了。

那天，老万去县上伯乐家串门子。亲戚，亲戚，都是常常走动才亲热哦。在伯乐家里，老万知道了野物的种种好处，特别是野猪油的妙用。

野猪有长长的尖利的獠牙。一猪二熊三豹子。这是猎狗都知道的。发狂的野猪赛过狼。

赛虎把那只比自己重三四倍的野猪堵在了山口上。那只野猪还在很惬意地啃着玉米棒子，香甜的玉米浆顺着粗糙的嘴巴直往下淌。

老万冲着野猪搂了一火。野猪往后矬了矬身子，玉米棒子也被打飞了，野猪很生气，一撩獠牙撞了过来。从那个状况看来，后果会很严重。

赛虎狂吠着从斜刺里冲了过去，拦住了直是哼哼的野猪。野猪一甩头，獠牙挑在赛虎前脚上，赛虎一声嘶吼，在空中划出一条黑色的弧线飞了过去。

野猪继续往前冲，赛虎蜷着一条腿又跃了过来，和野猪撕扯在一起。老万装好火药，距离也近了，老万狠狠一扣扳机，野猪倒下了，正和野猪撕扯的赛虎也重重地倒下了。

老万在痛心中感到了成功的快乐，这才叫痛快。

老万拱着整只野猪马上就去了伯乐家串门子。

赛虎跛着脚走回犬舍，等着老万回来。

老万看着赛虎躺在犬舍里可怜地呻吟，心中有些不忍，可是再一看赛虎那眼神，很冷，就不禁打了一个酒嗝，看来是陪伯乐喝多了，也是哦，哪次没有陪伯乐要好，喝好？老万一想就忍不住笑了，他使劲一挥手，就像对全校的老师训话："你再看，你再看，你还不是一条狗？狗眼看人低啊？啊，凡事，啊，所有事情的关键是看值不值！"

缓过来的赛虎落下了一个毛病。每逢枪响，总要支起耳朵愣一下，然后才往前扑，这时那猎物可早就跑喽。

赛虎不行喽。反正老万现在很忙，忙得很少回家了。撵山更没有时间了,要吃啥超市里买不到?

　　赛虎后来死了,屙肚子屙的。老万发现的时候,赛虎已经僵硬了,望着赛虎啃剩的半根腊肉骨头,老万纳闷:是谁送来的腊肉?他妈的,怎么忘了这狗不是人,人吃了盐变得聪明,这狗吃了盐,怎么会不坏肚子呢?

看门狗

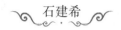

石建希

养狗是山里人的发明。

村里的屋子就像一把撒进茂密田野里的芝麻，三三两两散布在西河的崇山峻岭中。几乎每幢屋子都有一两条看门的狗。西河看门的狗都是土狗，毛色杂乱，没有电视里那样的黑缎子皮色，脚短身小，唯有叫声还算洪亮。

西河的看门狗叫声大，似乎不仅与西河的宁静有关。比如德水家的杂毛二黄，那叫声，响。德水的儿子柏树仔细看过，二黄的声音在吼出喉咙之前，总是身子微微往后一坐，屁股一夹，然后下颌往里面微微一收，接着才冲着来人的方向把声音吐出去。这时来人多半还在离家好几十米外呢。

柏树说，二黄这家伙，那架势简直就和大学里学唱歌发声的动作是一样的路数，难怪后劲十足。

二黄的叫声不仅声音清脆，后劲十足，还有个突出的特点。要是有乡里乡亲的人来，二黄总是汪汪、汪汪、汪汪汪，绝不会超过七声，反正第一声会引起家里主人的注意，到了第七声就是在屋前屋后做农活的主人也该回来了；遇上从没见过的人要路过，这个七声的叫法就会形成轮回，第一个七声结束，第二个七声又传出来，直到生人走远，或者主人出声制止。天色一黑，二黄的眼神就不好了，穷三担，穷三把，再穷也有三担家底哦。二黄总是对

靠近屋子的物什一通狂吠，连个间断的空隙都没有，把那刺耳的叫声像一盆水似的泼出去，似乎没有尽头。

左邻右舍的听得多的还是待客的招呼，往往是人还在屋前坡下，二黄的叫声就已经响起了，那就算是来客叫门了，等来人走到门口，德水就已经站在门口候着了，等客人的脚跨进院门，二黄就过来围着客人的脚嗅嗅，转上两圈，又回到屋檐下自己的窝前趴下了。

德冰一直想给德水要个二黄的崽崽，德冰说："这畜生，怪挠人心尖尖儿的。"

德水就可着劲地张大嘴抽一口气，然后使劲一个哈欠，咳嗽一下，"嗖"的一声，一口浓痰就飞出老远，划着一条白色的弧线喷向二黄，二黄早跑远了。

德水点着头说："好，好。"

德水倒是说着好，但二黄的肚皮不争气。德水知道，二黄还是未成年，又没放它出去满山胡跑。现在应了好，是不伤和气。

德冰后来发现，二黄的肚皮总不见长，眼神转了半圈，好个德水，看来还吊着呢。

越吊着，德冰心里越挂牵。德冰干脆从包里舀了两碗黄豆到德水家，西河山里红薯多，黄豆算是个肉样的稀罕物。

德水谢了几声也没有辞掉这两碗黄豆。德冰是下了心了。要照德冰的意思就要把二黄领回去住几天，德冰家里有两条公狗，一条攀山的猎狗，一条看门狗。

德水说："二弟你也是猴急哈，就算是下了订单，也得等开了年，开了年，二黄就三岁了，那身子骨才架得住。"

德冰歪眉斜眼地一笑："它就是条狗哦，再宝贵还是条狗哦。"

"我屋里总得留个动静不是？"德水急了，然后把柏树从城里捎回来的卷烟给了德冰两盒，那就是送客的意思了。

新年头上，在城里谋事的柏树回来了，大学毕业后柏树顺风顺水，一路走来衣着光鲜，连头发尖尖都闪着亮。

柏树看院里圈着的二黄那一副亲热得不行的样子，就走过去把院门打开，说："你德水不去城里，还不让二黄出去透透气啊？好歹人家也是条活蹦乱跳的命。"

德水看着柏树一家子，心里问自己："难道自己还养不来狗了？"

二黄一跑出去心就野了，德冰正好把它撵到自己家里关了几天。

但是二黄从德冰家里回来没有几天就不行了，德水说是出去吃好了嘴，见啥都有味儿，是吃了中毒的耗子，没救了。

山里的狗，老死的不多，敢拿耗子的不少。可是德冰想，这些都不可能发生在二黄身上，你德水会喂狗，不就是仗着会喂人啊？你收了定金，可不敢红口白牙不认黄呢。

德水看见德冰领着自己的狗总在对门山梁上晃悠，心里就像风吹着一样，凉。

德水到城里去了一趟，把柏树家里的长毛狮子狗丝丝要回来了。这小家伙通身雪白，毛茸茸的，头上还系着孙女给它扎的朝天辫子，还不认生，就是叫声小了点儿。

德冰就不乐意了："声音小就算了，偏偏还不认生，见谁都黏糊，还看门？这德水啊，不就是一条二黄啊？都说牵狗来养都要大户人家的，难不成大户人家什么样的狗都是好狗？"德冰走出去老远了，随风飘来一声："哼，学上城里人了哈。"

丝丝就不是看门的狗，不管是谁到了家门口，都不会呼天喊地地叫，来的人也不知道它的名字，晓得了，也叫不顺口，丝丝，丝丝，萝卜丝丝？

来的人就从叫门变成了叫人，谁来都得喊大名了。只有干部才兴叫大名呢。

时间长了，到德水家里串门的人也少了，德水很恼火。

啥时候还得找条山里狗来养养，还欠着德冰一条狗呢。

赛　虎

石建希

一夜无声,天明的时候,赛虎知道自己随了老叶。

一夜之前,赛虎还是厂里电影院的看门狗。这十里八乡唯一的一个电影院,唯一的一条据说有德国血统的狼狗,那就是打眼,看见赛虎就会想起电影院。

还是在一夜之前,电影院改制了。人啊,物啊,能分出去流出去的都办了,有些东西,比如烂椅子派不上用场,那就扔了呗。赛虎也派不上用场。你想啊,现在的狗还要年检,上狗牌照,打预防针,像养车一样烦人。最紧要的还得提防伤人。别说张口了,就伸伸那半尺长的血红舌头,那些老在街上晃荡的二杆子都得背心凉,还得每天用红色的肉侍候着,这玩意儿有狼性,胃口好,快顶上一个壮劳力的吃食了。

那年,市里的川剧团来演出,有二杆子半夜爬墙来看女演员洗澡,那角儿可是演《红灯记》的李铁梅的,这就是政治事件了,后来破了案,抓住人,判刑,不提了。

赛虎就来了电影院,没想到还有今天。

没人要,也无处送,有人就打起了狗肉的主意,想看看这德国狗是个啥味。也是天意,在这当口,老叶来了。

老叶和电影院有缘(不知道是孽缘还是善缘)。电影院没了,老叶不高兴。早些年,老叶就喜欢帮人买电影票,送个关系啥的,这是西河人都知道的事儿。老叶帮人买了小半辈子电影票,说了半辈子弯腰话,贪了大半辈子清闲。

老叶把赛虎领回去了,正好陪着老叶遛腿。

老叶为啥要遛腿?是身体有病。医生说,老叶心气郁结,闷出病来了。大家都不信,就老叶那整天屁颠屁颠的一脸笑,还会郁结?

老叶牵着赛虎往广场上一走,全是惊异的目光。就看那绅士样的赛虎呢。赛虎从不高声喧哗,总是挺着腰,昂着头,披着黑缎子样的毛,跟着老叶。

老叶开始驯赛虎。老叶穿上了迷彩服。老叶戴上了鸭舌帽。老叶拎起了鞭子。老叶脸上没有了笑容。

看过老叶驯狗的人都知道,老叶点子多。老叶弄来一辆摩托,骑在上面把油门轰得震天响,让赛虎跟着在跑道上撵,累得赛虎直吐舌头,才停下来,这是热身运动。

老叶棒子样立着,将鞭子往地下一指:"坐!"

赛虎就跑过来坐下。

老叶走着,口里吹着口哨:"穿!"

赛虎就在老叶的胯间穿来绕去。

老叶把鞭子一扔:"捡!"

赛虎就箭一般射出去,把老叶的东西叼回来。

最绝的是,老叶看人多了,就用手向自己的摩托车一挥:"守!"

赛虎就冲过去,用两只前爪摁住摩托的扶手,上半身伏在油缸上,就像老叶骑着的样子,惹得周围的人哈哈大笑,都说赛虎会来事,比现在的孩子还省心。

好似这赛虎不是狼狗,而是只驯服的小猫。

老叶还是时不时用手中皮带抽赛虎的背,听着它哼哼,看着那缎子样的皮毛翻起来,老叶心里来劲,可是脸还是沉着。老叶知道,这才是一个领导

的样子。

老叶的身体居然好了起来。

可是,赛虎再听话那也是条狗,有时一看老叶和旁边的人聊天,就围着一只白色的狮子狗打转,白狮子狗的主人在那边的坝坝舞场上跳迪斯科呢。有人说,赛虎这是老不死心,是起性了。

老叶啐了一口:"没有规矩,还反了不成? 我看这狮子狗太妖艳了,不成。"老叶一看赛虎的眼睛往那边一跑,立马就赏它一顿鞭子。

春去秋来,赛虎就这样熬着。可是别的狗它不熬啊,眼看着狮子狗就要当妈了。

赛虎熬不住了。那天,天色快黑了,赛虎趁着老叶一转眼的工夫,就和那只白色的狮子狗缠上了。周围的人全笑了。老叶很生气,感到自己很没有面子,就挥舞着鞭子冲了过去,周围的人也一块哄笑着往前撵,赛虎一看那阵仗,扭头就跑。它越跑,老叶越生气,鞭子舞得越高,赛虎就跑得越快,一直被撵到了广场旁边的高楼上。

赛虎一直跑,跑到楼边上,双腿轻轻一抬,就越过了人胸口高的女儿墙,射向了茫茫夜空。大家都知道,赛虎是有意自杀了。当时天已经有些晚了,可月亮已经上来了,路灯的光还亮,在场的人都看见赛虎划出了一条几十米长的高空弧线,落到了坚硬的水泥地面上,发出了沉闷的钝响。那条黑色弧线就像一把刀子,横空一下就把人的胸膛豁开了,热辣辣的疼。接着就是坟墓一样的长时间的荒寒寂静。

老叶的腰杆立时一弯,以前那习惯的一脸烂笑就溜了出来,老叶不知道,其实自己的笑容很难看。当时他只是一个劲地想:赛虎一定是发疯了,幸好没有去咬人。哎呀,这狗驯得再好,那还是一条狗啊,怎么可以和人相比啊!

水牛王

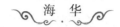

海 华

　　"咣当"一声巨响，打破了山村之夜的寂静，正准备关门睡觉的德叔打了个愣怔，急忙叫上旺儿，拿起手电筒跑到拴着水牛王的柴草间一看，不禁大惊失色：柴草间的两扇大门竟横躺在地，水牛王已不知去向。

　　水牛王身高一米八，体长近三米，身强力健，全身毛色淡棕带黑。那年农历八月初一，镇里举行首届斗牛节，只听铁炮一响，德叔家那头性情温驯的大水牛牯，瞬间变得勇猛异常。经过数小时的鏖战，一路过关斩将，将参赛的数十头水牛一一拿下，一举夺得桂冠。从此，"水牛王"的美誉便在全镇传开了。后来，水牛王又连续在随后两届斗牛节上拔得头筹，取得了三连冠。

　　水牛王既是赛场上英勇善斗的"常胜将军"，又是干活儿的好手：犁田、耙地、拉车、戽水，等等，样样精通，而且从不偷懒。到了农忙时节，水牛王更是熟门熟路地跟随德叔起早摸黑，耕种完自家的田地，又为一些劳力少的农户帮耕。

　　德叔常疼爱有加地对人说："咱家的水牛王可谓劳苦功高，就差不会与人通话。"

　　一晃过了十多个春秋，水牛王已进入古稀之年，渐渐地退出了赛场，下岗了。不久前，德叔最终还是拗不过老伴和亲友们的劝说，又买回一头小水

牛牸。傍晚，当上五年级的旺儿，欢快地哼着"水牛儿、水牛儿，先出犄角后出头儿……"(《孺子歌图》)，骑着水牛王，赶着小水牛牸刚回到家，德叔又经不起县里来的一个屠夫的软磨硬缠，硬着头皮陪着屠夫围着水牛王转了两圈。

屠夫一迭连声："啧啧啧，真不愧是水牛王，虽然一把年纪了，却肌腱发达，看来肉也不会少，过两天我再带钱过来牵它吧！"

屠夫的话一说完，水牛王竟昂起头，扬了扬那对犄角，两眼冷对屠夫，鼻子"哧"的一声闷响，吓得屠夫连连后退……

看着眼前这幅景象，从回忆中缓过神来的德叔心想：这可是水牛王从未有过的举动，一定是水牛王傍晚听懂了那个屠夫的话，另谋活路去了。

"老爸，快把水牛王找回来吧。"站在身后的旺儿大声说。德叔立马附和道："对对对，咱们一定要把水牛王找回家！"

于是，父子俩打着手电筒，连夜跑遍了村头巷尾，仍不见水牛王的踪迹。第二天一大早，父子俩又找遍了村外的田头地尾，还是毫无结果。午饭后，他们又分头在村后的荒山野岭间仔细搜寻着。

当夕阳轻吻着远处的山峦，旺儿终于在后山一处乱葬岗旁，找到了滚得一身泥巴的水牛王。它一见旺儿，"哞"地沉声一叫，目光呆滞，神色沮丧。旺儿心中一热，遂上前轻抚它的犄角，轻拍它的肩膀，轻唤它的名字，劝它回家。可水牛王伸出舌头舔了舔旺儿的小手，仍迟疑着不肯迈步。

正踌躇间，旺儿忽觉身后"呼呼"有声，转头一看，不好！只见几步开外的草丛里，蹿出一条眼镜王蛇来，此刻正高昂着扁平的头颅，一上一下，一摇一晃，虎视眈眈地盯着自己。

几乎在同一时刻，水牛王也发现了那条毒蛇，只见它沉着地跨前一步，顺势轻轻一推，把旺儿挡在身后。紧接着，犄角向前，低头怒视着毒蛇，时而用右前蹄猛力刨地，时而"呼哧呼哧"地喷着怒气，瞧那架势，酷似当年赛场上般牛气冲天。

一牛一蛇，就这样对峙着、僵持着……

约莫十分钟后,兴许是觉着从眼前这个凛然不可侵犯的庞然大物身上捞不着便宜,那毒蛇渐渐地胆怯了,退缩了。

少顷,毒蛇慢慢地消失在乱草丛中。水牛王"哞"地长舒了一口气。旺儿这时突然有些哽咽:"水牛王,老爸已说了,咱们不听屠夫的。赶紧回家吧。"

这时,夜幕降临,水牛王又伸出舌头舔了舔旺儿的小手,用颈部轻抚着旺儿的脸庞,犹豫了片刻,突然一个急转身,又消失在如墨的夜色中……

送　水

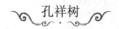

孔祥树

我家住在小区七楼,送水的是一个小伙子。

小伙子能吃苦,每次我一个电话打去,很快就听见楼下摩托车的轰鸣声,接着楼梯间就响起有力的脚步声。

我赶快把房门打开,转眼小伙子就站在我家的门前:肩上扛一桶水,手里提一桶水,胸脯一起一伏,汗水珍珠断线般下落。

小伙子朝我憨厚一笑,掏出毛巾胡乱揩两下,再套上鞋架上的鞋套,两只手各提一桶水进来了。

他把饮水机上的空桶取下来,熟练地把刚送来的水桶的封口撕开,双手一托就把水安放好了。

他接过我给的水票,提着两只空桶"噔噔噔"下楼了。

一天,小伙子送来水,准备换上。其实换水不是他的工作,我赶快上前,说:"你歇歇,让我来。"

我的手还没挨到桶,小伙子早已一把托起,把水换好了。

我赶快倒一杯茶,并问起他的家庭和送水的事。

小伙子边喝边说:"我妈卧床多年,药罐不离,每个月都要花一千多元。我送一桶水提成几元钱。由于联系的客户少,每月只够供养那只药罐。"

我听得心里酸酸的,把最后两张水票给了他。

小伙子见我的水票用完了，嗫嚅着说："这家矿泉水取自深山，高品质，纯天然，无污染，不知道你还继续喝不？"

说句良心话，这家的水质不太好，我早就不想喝了。但面对这双乞求的眼睛，我的心软了。我赶快说："喝，继续喝，我明天就去买水票。"

小伙子听了，朝我感激一笑，很轻快地走了。

几个月后的一天，酷热难耐，我打电话叫送水。过了好久，也没有送水来。我以为对方忘了，正准备打电话催，不想门铃响了。

我打开门一看，吃了一惊，原来是位六十来岁的大伯，扛着一桶水，双腿发颤，上气不接下气，汗水把微白的乱发都粘住了。

我赶快上前，帮着接下水，问："大伯，你该不是送错了吧？"

大伯拿出毛巾，胡乱擦擦汗，吃力地说："没送错，我儿子病了，我替他送。"

大伯停一下，等喘顺了气，接着说："下面还有一桶水，我去去就来。"

大伯蹒跚着，抓着楼道的扶手，一歪一斜地下去了。

又过了好久，大伯才扛着水上来。

大伯把水放在地上，倚着门框，喘着粗气说："人老了，身子骨不听使唤了，一桶水都要歇几次，让你们久等受渴了。"

我说："大伯，没关系的，天气这么热，你注意身体，别中暑了。"

大伯笑笑，赶快换上鞋套，急急把水提了进来。我把空桶从饮水机上取下，准备换水。不想大伯一个箭步上前，一把抓住那桶沉沉的水，用力托起，把水换好了。

大伯说："这水一直是我儿子换的，怎么能劳你费力呢。你们读书人的手拿笔好使，换水还是我们轻便些。"

说完，大伯把那撕下来的塑料纸捡起，丢进垃圾桶里。

我过意不去，赶快倒一杯茶，叫大伯坐沙发歇歇。

大伯接过茶，站着一口气喝完了。

我赶快再倒一杯，大伯急急摆手，说："喝好了呢。"

他向外走去,轻轻关上门。

又一次,大伯送两桶水,我把最后两张水票给他。

大伯看着我,嘴唇翕动着,犹疑着说:"你的水喝完了,你看这水怎样?"

我知道大伯的意思,他老伴和儿子病了,他多想多跑一家客户,多送一桶水,多挣几个钱,缓减一点生活的压力。我赶快说:"这水好,你放心,我会继续喝的。"

大伯摆摆头,急着说:"我不是这意思,这水其实不是深山的矿泉水,而是在县城接的自来水。老板只是在自来水里溶一种药丸,消消水腥气。我多次劝老板不要这样,但他就是不听。"

我大吃一惊,说:"这是真的吗?"

大伯说:"这都是我亲眼看见的,医生说我儿子也是喝这种水病的,我劝你不要再喝这种水了。"

我终于明白,这种水为何总是有点混浊,还有一丝怪味。

我又纳闷说:"你这样揭自己的短,挖自己的墙脚,不是影响你的收入吗?"

大伯憨笑说:"我少送几桶水,只损失点小钱,如果你们喝出了病,那就要用大钱呢。"

大伯提着空桶哐当哐当下楼去了,我望着他的背影呆若木鸡。

后来,我就不喝这家水了。但大伯还在小区送水,不过原来他要送十几家,现在好像只送一两家了。

一次我碰上大伯,问:"你儿子好了吗?"

大伯一笑,说:"早好了,谢谢你还记挂他,他不送水了。"

我又问:"现在你到小区送水好像少多了,你现在一个月能送多少水?"

大伯说:"经过我大半年的'宣传',现在我送的客户减少了大半,我每月的工资也减少了大半,除去摩托车的汽油费,就剩不下几个钱了。"

我说:"你工资这么少,你家里又这么困难,你不如去找份其他事做,何必吊死在这棵树上呢?"

大伯说:"找其他事容易,挣钱也更多,但我还想继续送水,直到把这家公司送垮。"

我怔怔看着大伯,说:"你这样做,是不是老板克扣过你的工资,或平时对你态度粗暴呢?"

大伯说:"老板一直对我很好,你知道老板是谁吗?"

我摇摇头。

大伯低声说:"他是我弟弟。"

大伯看着我,沧桑的眼里透着纯净,就像深山里的一泓清泉……

长青林

马福临

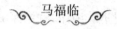

日头爬上东墙头的时候，在外面转了一圈回来的长青娘看了一眼屋里，转身敲了西院儿子的门。

长青伯不见了。

早起时就不见了。长青娘没在意。

打理完内外的琐细，也没回来，长青娘没在意。

早饭好了，还没回来，长青娘在意了。

长青伯干了半辈子伐木工，近八十了，腰不弯牙不掉。谁料，年前添病了，过往的事不记得了，像电脑敲字，突然停电，没摁"保存"键，一篇锦绣文章转眼无影无踪。医生说这是小脑萎缩。

"'萎'就'萎'吧，"长青娘说，"恁大岁数记那些陈芝麻烂谷子干吗呢？记住家就行。"

有一天，长青伯站在家门口陌生人似的问走出来的老伴儿："大嫂，马大山家在哪？"

马大山就是长青伯。长青娘上去就是一巴掌，拍得长青伯一愣一愣的，这才知道不是装憨儿。长青伯尽管失忆，生活却蛮规律，早上出去转够了，早饭前准回来。今天怎么啦？

长青娘早上这一圈转了仁地方，转到后来慌了。

　　林场巴掌大地儿，老头子常转的地方她有数。先去了东小桥。那里依山傍水挨着林子。老头子每天早晨都傻站在小桥上看一阵。真不懂，钻了半辈子林子咋还看不够那树呢。

　　四月下旬的小兴安岭南坡，大河还睡着，小河却醒了，哗啦啦唱着歌儿。开了春，小桥是老头扎堆的地方。今天却奇，除了山下来的两个整开河鱼的，一个熟人也没有。长青娘转身去了苗圃。这是老头子的"自留地"。退了在家待得好好的，忽然要弄苗圃，说还债要彻底。没听说欠谁的啊，老头子不语，只笑。后来长青娘才明白咋回事儿。

　　长青伯侍弄苗圃比媳妇伺候孩子细心，也是每早光顾的地方。苗圃在东山坡下，防冻的草帘子掀开了，红松、落叶松、黄菠萝、水曲柳、楸子……一畦一畦的碧绿。准备移栽的苗木用草帘打包了，一捆一捆地码在地头，却不见长青伯。

　　长青娘又去了林场小学。孙子毛毛在这里上学。长青伯最喜欢听毛毛念课文，说站在校门口就能听见毛毛念课文。隔辈亲呐。这儿没有长青伯，也没有读书声。门卫惊诧地打量着长青娘："大嫂，你还不知道今天啥日子？"

　　长青娘眨眨眼皮，没明白。

　　四月二十号，咱场的"开栽"日嘛！

　　平时不大出屋的长青娘这才明白，造林开始了。

　　自大山哥上了电视，大家今年都看重栽树了，这不，小学生都上山了。

　　老头子莫不是也上山了？长青娘心一紧，旋即又松开了：失忆的人还能记着这日子？虽是这样想，还是打算让儿子上山找找。

　　儿子当初不同意爹栽树，更不赞同爹的"欠债说"。爹说："这辈子欠大山的，在岗时砍了三万六千棵树，退了休要还债，再栽三万六千棵。"

　　"砍树是建设需要，就算欠债也算不到你头上啊。"

　　爷俩谁也说服不了谁，儿子一生气，甩手不管了。

　　"你不管谁管？他是你爹！"长青娘这样想着，拍了儿子的门。

177

没动静。再拍，手就加了劲儿，依然没应声。又喊，满院子都是回音，就是不见儿子开门。这才发现门上了锁。

"咦，干啥去啦？"长青娘有些意外。儿子常年在外跑生意，昨天才回来。

"只能自己上东山了。那年老头子和场里说了，场长很支持他的想法，把东山里那片过伐林地拨给他，还在显眼的地方竖起一块'英雄林'的石碑。老头子担得起这名号。当年出席全国的模范，周总理接见了他。要不然小他二十多岁的自己也不会嫁了他。"年近六十的长青娘虽说腿脚还利索，爬到"英雄林"也气喘吁吁了。

林地里很热闹，有职工、闲逛的"老退"，还有上学的孩子。长青娘正在发愣，儿子和媳妇跑过来了，后面还跟着毛毛。

"你们这是……"

媳妇说："妈，现在全局全市都在学爸，我们小辈的也不能给老人丢脸是不是？长青说他带他们超市的人都来了，我也是赶着这个日子回来的。"

听说老爹不见了，毛毛说我去找。到底孩子腿快，不一会儿还真把爷爷领来了。

毛毛找到爷爷时长青伯正在教孩子栽树呢。这会儿看到全家人，一脸陌生。忽然眼一亮，上前扯过儿子手里的镐："你是谁？为啥拿我的镐？害得我找了一早晨！"

儿子"嘿嘿"一笑。

长青伯拽过孙子，说："跟爷爷还债去，再栽五棵咱就满三万六千棵了。"

走了几步，好像想起什么，回头冲儿子说："别说，你还真像我儿子！"

大家都笑了。春风吹过，满山茁壮的林子摇着膀子哗哗大笑。

吃草的狼

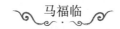

马福临

黄昏的时候,母狼阿花拖着臃肿的肚子爬出荒草遮掩的洞穴,又站在土丘向太阳落下的远方遥望。

落霞里,孤独而落寞。

阿黄三天未归了。

阿花满目焦急。

腹中一阵扯肠揪心的蹬踹。它勾着头看看肚子,又抬起前爪摸摸像晒干的葡萄似的奶头,愈发心焦。它想到宝宝。宝宝让它吃东西了。宝宝们像阿黄一样聪明,困了,会踹;渴了,会踹;躺久了,也会踹。现在是饿了。它是该吃东西了。它已经三天没吃东西了。

它和宝宝的忍耐达到了极限。

惶恐也到了极限。四爪细碎地挠着地皮,心在燃烧。

它不敢想下去,使劲摇摇头,要把那些乘隙而入的可怕画面甩掉。

阿黄这次出猎很冒险。

不得不冒险。

好像一夜之间,草原的生活就变得艰难了。阿黄常常一无所获,偶尔逮只草兔,也瘦瘦的。阿黄都让给妻子,它只啃骨头。后来,"偶尔"也见不到了,阿黄改抓田鼠。阿黄觉得对不起妻子和即将出世的宝宝,总想逮个大

的。多少天过去了,不仅出猎成绩没提高,连田鼠也不好逮了——藏到地下了。阿黄觅穴刨洞,两只前爪常常血肉模糊。

阿黄接连两天失望而归。阿黄沉沉地卧下,脑袋缩在长长的尾巴下,不敢看妻子的眼睛。阿花默默偎过去,偎在阿黄的怀里。

三天前那个晚上,躺下的阿黄悄悄坐起,抽出压在睡梦中妻子身下的尾巴,蹑足爬出洞口,走了几步,又回来,低下头用温热的嘴巴抚着阿花的肚子,再抬头时,眼神便决绝了。阿黄走过土丘回头一瞥的时候看到了站在洞口的阿花。阿花还是惊动了。阿花知道丈夫要去哪里,使劲晃晃脑袋。

那地方诱惑又凶险,有肥美的羊,也有猎枪和凶猛的犬。可阿黄有选择吗?阿黄冲阿花长嗥一声,像安慰和告别。

阿花忍不下去了,决定去找阿黄。

太阳照着大海一样的草原,只是眼前的海没有波澜,稀疏细弱的矮草和满眼裸露的沙砾,不闻鸟鸣,不见兽影,一种飞鸟尽狡兔绝的苍凉。它体味出阿黄的艰难,更想念阿黄了。

它循着熟悉的路径,悠着大肚子蹒跚不停,向西,向西,直到整整两天一夜之后望见牧人小屋也没有迎到阿黄。它藏进小屋前一片矮林中。这是最好的攻击出发地了。它嗅着,谛听着,寻觅阿黄踪迹。阿黄呢?莫非逃出了草原?不会,阿黄不会扔下它和宝宝!四周很静,围栏里没有羊,屋门开着,随风飘来煮肉的香味儿。阿花的眼睛骤然聚焦。猛地,它看见门前横杆上垂着一张毛皮!沉甸甸的,显然刚剥下不久。毛色刺疼了它的眼睛。又向前探探,脑袋轰然一响,伤心地闭上眼睛……

那粗壮的长尾,嘴头标志性的剑毛,还有中间那道黑黑的纹路,不是阿黄又是谁?

阿花霍地挺起,准备复仇。就在这时,腹中一阵蹬踹,阿花的心一下软了。它可以舍弃自己,却舍不得宝宝,那是阿黄的后代。

它悲怆地踏上了回程。未来不再有阿黄依靠,必须独自担起抚养孩子的责任。

拖着愈来愈沉的肚子,一路坚强地走下去,向着那个魂牵梦绕的家。

还是倒下了。醒来时发现躺在一条小河边的深草里。它认识这河。它和阿黄就是在这里相识相恋的。那时,它们河畔嬉戏,河里洗澡,鱼儿蹭着肚皮,水草轻抚腰身……它们觉得自己也是鱼,一尾草原大海中的鱼。

这时它想到了捉鱼。河水很瘦,很浅,眼睛累酸了,也没发现鱼。可能是渴了,它将嘴巴插进河里喝了一口,什么味儿啊,又腥又臭的。

残存的意志终于崩溃了。合上眼睛那一刹,它知道自己将带着腹中的宝宝去找阿黄了。可是宝宝不肯听妈妈的安排,新生命的喷薄而出生生把阿花飘离的灵魂拽了回来。它听到小狼崽哑哑的颤颤的嘶叫,那是饥饿的小东西们向妈妈发出的问询和呼唤。

麻木的母爱连同食欲一并被唤醒了,瞬间像潮水一样把它淹没。什么东西伸进了嘴里,它想也没想就吞了,一股苦甜的汁水流进着火的喉咙,此时它根本来不及品味,甚至连眼睛也不睁,就大口吞咽起来……

阿花还是死了。不过,它死前把宝宝托付给了路过时来救它的一个狼群。

草原从此出现了一群吃草的狼。

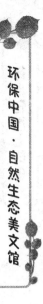

挥汗的村主任

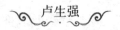

卢生强

新当选的村主任,举着手中的污物,示威般在我们面前晃着,质问:"你们看看,睁开眼睛好好看看,这是什么来着? 啊? 告诉我这是什么? 你们还能笑得出?"

我嘀咕着:"嗨,这不是我们的生活所需品嘛,有什么大惊小怪的? 现在的年代,没有这个才不正常呢。"

村主任好像听到了,盯着我,说:"生活所需? 一句生活所需我们就可以这么心安理得这么肆无忌惮? 正因为我们的生活所需,导致了现今这触目惊心的痛。你们说这能不是我们的错吗? 自己错了能不自个儿承当责任? 问你们呢,自个儿拉的屎还想别人帮你擦屁股?"

我们嘻嘻哈哈地笑。村主任呵斥了一句:"好意思笑? 别人在替你们流汗水,自个儿在一旁观望,事不关己的样,脸皮那么厚?"

我们就噤了口。村主任喊来他的爷爷,说:"爷爷呀,您给大伙说说当年的情况。"

村主任的爷爷颤巍巍地来到队伍面前,用他那把光滑无比的拐杖指了指不远处的池塘,无限缅怀地说:"我的孩子们,我的子子孙孙们,别的我就不多说了,我就拿那池塘说说吧。从山里流出的水是多么清澈,可经过了田间地头的绕,流到这池塘以后,怎么就变成了现在的这个样子? 谁能告诉我,这到底是怎么回事?"

我们望过去,那池塘的水,发出一股恶臭味,让我们不得不掩鼻而过。我们想,好在这池塘与我们毫无相关了,它爱咋咋地。

村主任的爷爷继续说:"在过去,我们经常到那池塘挑水饮用,夏天是我们必不可少的消暑场所。池塘里的水清澈得看见底下的落叶、自由自在的鱼儿。"

"真的吗?"

"当然是真的啦。夏天的傍晚,池塘边上,围满了老少爷们,大家从池塘里提出一桶桶水,在岸边,惬意地搓澡。现在,我问你们有谁在那儿洗过澡?"

"嗬,现在有了自来水,只要一拧水龙头,哗哗的清水任由你洗刷,谁还来这洗?再说了,这么恶臭的水,掩鼻而逃都来不及呢,谁还靠近它?"

村主任说:"就是啊,这么恶臭的水让我们远而避之,为什么有这恶臭的水呢?我手里的污物都是我刚刚从那池塘里捞来的。"

村主任爷爷问:"假如现在没有自来水,我们到哪里搓澡?到哪里引来饮用水?"

有人说:"没有假如的,村里建好了水厂,怎能没有自来水?何必杞人忧天?"

"杞人忧天?你们看看我们的田间地头,我们的房前屋后,哪没有现代垃圾的踪影?我们再这样放任自流下去,说不定哪一天,再好的水厂,也没办法供应我们清澈的自来水了。到时我看你们怎么办?"

"怎么可能?"

"怎么不可能?你们想想,为什么现在都没有清澈的水源了?还不是我们自己制造的垃圾害的?你们看看我手中的垃圾,不是我们随手扔的东西吗?长年累月的浸泡,有的无法自我腐化消解,久而久之,就成了污染源了。"

"那我们总不能不用这些生活必需品吧?"

"谁说我们不能用了？"村主任反问。

"现在的村庄就好像长满了毒疮的人，整天难受得泪流满面。我们已经到了该为它擦泪的时候了。"

"怎么擦？"

"把我们之前制造的垃圾清理掉，我们是本地居民，不能总是依靠政府人员来帮我们处理啊，我们应该担当起主人翁的责任。'美丽乡村'不仅仅是政府的事，这是关系到我们村民的头等大事，难道我们不应该行动吗？"

我们窃窃私语："政府人员领工资，难道不应该做这些事？"

村主任说："你们这是什么话？这村庄谁住的？难不成是政府人员来住？他们无怨无悔地帮我们搞卫生，受益的是谁？人家为你们流血流汗，你们每次都袖手旁观。你们怎么那么让人心寒？来点儿主人翁精神行不行？"

村主任说："经村委会研究，拟定了如下的举措：第一，每半个月全村村民参与大搞卫生活动；第二，每天轮流清理卫生工作……"

村主任还没说完，我们已经叫唤起来了。

这时，我们看见政府的工作人员又进村来了。雄赳赳气昂昂地，带着许多卫生工具呢。

村主任说："看看吧，别人怎么做？我们又怎么做。"

村主任说完就加入了他们之中了。

我们看见，村主任不停地擦拭着，不知擦的是汗水还是泪水。

我们木然的心……

老人与树

简 梅

刘大爷住在一个僻静的小山村,他的屋子旁有一棵高大的黄花梨树,郁郁苍苍,枝繁叶茂。这棵黄花梨树龄已几百年,这在村子里无人不知,无人不晓。

上午,刘大爷扛着锄头走出屋子,一个中年胖子走过来。这个中年胖子名叫王学富,在县城里是个有名的大富翁。

"您好! 大爷。"王学富用亲热的口气说,"我是过路的,向您讨口水喝。"

刘大爷连忙回屋里倒了一杯水,出来的时候,发现王学富饶有趣味地看着黄花梨树。刘大爷把水递给他。

"谢谢啊!"王学富笑呵呵地接过杯子,"大爷,那棵树有一百年了吧?"

"三百年了。"刘大爷点着头说。

"哦,三百年了!"王学富惊叹道。他绕着古树走了一圈,琢磨了一阵,然后说:"大爷,这棵树我很喜欢,您看,卖给我行吗?"

"那可不行。"刘大爷连忙摇头说,"这棵树不能卖。"

"大爷。"王学富劝说道,"您这儿这么多树,多这一棵不多,少这一棵不少,就卖给我吧! 我出五十万,怎么样?"

"不行,这棵树真的不能卖。"刘大爷的头摇得像拨浪鼓,"如果你想买树的话,就请回吧。"

185

王学富求了刘大爷好一阵,无奈刘大爷一个劲儿地摇头,就是不肯卖,钱学富只好走了。

其实,钱学富并非路过,他早听说这个村子里有一棵古树,这趟是专程而来。他估计,这棵黄花梨树至少价值百万,他想无论如何也要把这棵树买下来。他到村子里走了一遭,打听到刘大爷无儿无女,只有一个侄儿,叫刘长贵,住在镇上。王学富便找到刘长贵,说明了自己的来意。

"不就一棵树嘛。"刘长贵听后说,"大伯不会不卖的,我这就带你去找他。"

"老人家嘛,思想拐不过弯来。"王学富说道,"你是大爷唯一的亲人,从法律上讲,也是唯一的继承人。我是很有诚心买这棵树的,你看怎么样?"

"既然你这么喜欢黄花梨树,放心吧,包在我身上,走!"刘长贵说。

王学富心里一亮,连忙跟着刘长贵来到刘大爷家。刘大爷不在家。王学富仰头看看古老的黄花梨树,感叹道:"这棵树,真是让人越看越喜欢啊!"

刘长贵抬头一看,大吃一惊。

"什么? 你想买的,是这棵树?"

"对啊。"王学富心里一凉,忙问:"怎么了?"

"这棵树不能卖,大伯已经捐给国家了。"刘长贵说,刘大爷对这棵古树有着很深厚的感情,把树捐出去后,还一直义务为国家守护着这棵珍贵的树。这棵古树已有三百年的历史,经历风风雨雨、岁月沧桑,依然生机盎然,就像这一片土地,走过百年的历程依然朝气蓬勃、欣欣向荣!

听了这一席话,王学富很惭愧。"既然树都捐给国家了,你为什么还说包在你身上呢?"

"我以为你只想买一棵黄花梨树而已,你随我来,看看就明白了。"

刘长贵领王学富来到后山坡,王学富放眼望去,禁不住发出赞叹。只见金色的阳光下,漫山遍野的黄花梨树郁郁葱葱,蔚然成林。

"瞧,这一片黄花梨树都是大伯义务种的。"刘长贵说,"我大伯义务种树三十年了。三十年前,这里还是一片荒山野岭,如今种满了树,再过三十年,这些树木就会陆续成材。"

王学富望着眼前这一片绿色的海洋,感慨万千。刘大爷正在不远处锄草,王学富走上前去打招呼:"大爷!"

一看是王学富,刘大爷叹了一声,说:"你还是请回吧,这棵树我是不会卖的。"

"大爷。"王学富笑道,"我这回不是来买树的。听长贵说了很多,我想投资这片树林,无须回报,不知您老同不同意?"

刘大爷看看王学富,又看看刘长贵,恍然大悟。

"那敢情好啊!"刘大爷朗声大笑。

三个人都开怀大笑。

魂断故乡

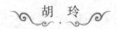

胡 玲

叶落归根，人老思乡。刚过花甲之年，老李就特别想念故乡，想念故乡那条美丽的碧水河。晚上做梦，老李梦见自己像儿时一样，光着膀子在碧水河游泳，鱼儿般惬意、快活。

在外打拼几十年，老李着实有些倦了，他想在有生之年返回故乡，在碧水河畔建一幢小楼，然后在家乡种地、养花、喂鱼，颐养天年。

带着美好的憧憬，老李像一只急于归巢的鸟儿，只身飞回了故乡。故乡翻天覆地的变化让老李头激动不已，从前坑洼不平的泥巴路变成了宽阔的水泥路，乡亲们都住上了精致阔气的小洋楼。

老李在兄长老根家稍事休息，便迫不及待要去碧水河看看，他要在碧水河里痛痛快快洗个澡，洗去一路上的疲惫和风尘。

这些年，老李在外见过不少世面，但他从未见过像碧水河那样清澈美丽的河。碧水河如玉带般镶嵌在村子里，大河两岸，金黄的稻田如一片金光闪闪的海洋。甘甜的河水养育着祖祖辈辈的村人，村人汲水挑水，洗衣做饭，浇灌田地，都靠这条河。

儿时，一放暑假，老李和伙伴儿二狗子便整天泡在碧水河里，快活得像两条鲜活灵动的鱼儿。河水清凌凌、绿莹莹的，瞧得见河底的沙石和鱼虾，老李和二狗子一会儿打水仗，一会儿钻猛子，凉爽爽的河水滑过每寸肌肤，如冰凉的丝缎包裹全身,令他们浑身凉爽、舒坦,那美妙的感觉老李后来在城里的游泳池再也没找到。渴了,掬一捧河水就喝,河水清冽甘甜,那味道老李一辈子都忘不了,比他后来在城里喝的矿泉水好喝多了。玩累了,他们就在河里捉鱼、摸虾,河里鱼儿肥美,虾蟹成群,用不了多长时间,便能抓住好几条大鱼,用河边的狗尾巴草把鱼串起来,拎回家。娘把鱼清洗干净,和着面粉放在油锅里一炸,就是一道美味可口的佳肴……

老李取出一条毛巾,兴冲冲地朝碧水河走去,他要去那里追寻儿时的美好回忆。好久没去碧水河游泳了,好久没吃碧水河里的鱼了,想得很呀,老李像个欢腾雀跃的孩童。

"不就一条河吗?看把你稀罕的。"老根取笑道。

"碧水河不是普通的河,她是咱们的母亲河呀。"老李认真地说。

"碧水河早不是从前的碧水河了。"老根说。

匆匆赶到河边,眼前的景象如同当头一棒,老李一下子蒙了。碧水河如同改头换面了似的,不再是原来的样子。河水漆黑一片,如同墨汁一般,河面飘浮着五花八门、密密麻麻的垃圾,河水里散发出一阵阵令人刺鼻的恶臭。河边,一望无际的稻田全部闲置着,长满了茂密的杂草。

"碧水河咋变成这样了?"老李又伤心又气愤。

"一个香港老板在河上游建了个锰矿,矿里的废水全排在碧水河里了。"老根说。

"这么多稻田都不种啦?"老李痛心地问。

"这水灌溉出来的稻谷,有人敢吃吗?"老根反问。

老李脱了鞋子,欲走进河里,河面成堆的垃圾让他闹心,他要把飘在眼前的垃圾捞出来。老根一把拉住他:"别下水,这水有毒,泡不得。前些日子,一个乡亲不小心沾到了河水,全身奇痒,到现在还没好呢。"

第二天,老李招来老根一家,郑重地说:"我决定了,要去镇里告锰矿,状告他们污染环境,碧水河被他们祸害了,乡亲们的庄稼地也被他们糟蹋了。"

"老李呀,你就别多事了,我们现在吃的水、用的水都是锰矿给我们派放

189

的纯净水,是从城里运过来的,干净着呢,对我们的生活一点儿影响也没有。"老根云淡风轻地说。

"可是,那些庄稼地荒废了多可惜呀。"老李说。

"叔,没啥可惜的,锰矿给我们发了补贴,我们可以买米吃了,不用种地反而轻松了很多。"侄儿说。

"农民不种地还是农民吗?"老李问。

"我还不想当农民呢。"儿媳妇噘着嘴巴说。

得知老李要去上面告锰矿,村支书二狗子上门来找老李:"我说老哥,你就别做无用功了,告不了的。以前也有村民去告状,上面把他们当刁民抓起来了,上面说建锰矿是为了让农民脱贫致富。你想想看,咱们村以前多穷呀,要是没有锰矿,我们能有今天的日子吗? 你别瞎胡闹了,就算我代表全村乡亲求求你了,行吗?"

这时,外面走来一大群乡亲,他们纷纷拥向老李。

"老李,别去告了,现在这样挺好的,不用种地还有钱拿。"

"是呀,李叔,我们不想种地了,种地太辛苦了。"

"一条河污染了就污染了,有啥大不了的……"

人们七嘴八舌地说。

老李没说话,他默默走出人群,独自走到碧水河边,望着黑压压的河水,禁不住老泪纵横。

第二天一早,老李便要回城。

老根说:"好不容易回趟家,怎么只住一天就走呀?"

"叔,你不是说要在家里养老吗?"侄儿好奇地问。

"庄稼地种不了了,母亲河毁了,这里已经不是我的家了。"老李喃喃地说完,发出两声沉重的叹息。

老李回城了,再也没回来。

复苏的母性

张爱国

猎豹莉娜又一次做上了母亲。

回想莉娜这三年多的"人生"经历，能有今天，实属不易：两年多前，莉娜八个月大的时候，它的母亲在一次捕猎中受伤，并于当晚被一群鬣狗瓜分。当时，莉娜姐弟四个，才刚刚换牙，还没有学得必要的捕猎技巧。于是不到一周，莉娜的弟弟妹妹们就陆续成了鬣狗的美餐。唯独莉娜，凭着机灵，无数次从鬣狗的尖牙利爪中逃脱，靠草鼠、蜥蜴为食，活了下来——这委实是一个奇迹。两岁半时，莉娜生下第一窝三只幼崽，但半个月后幼崽就被鬣狗捕食了。这是再正常不过的事：野生小豹的成活率从来都不到百分之十。后来，莉娜又第二次、第三次做母亲，但同样都在一个月内失去孩子——凶手都是鬣狗！

这一次，是莉娜第四次做母亲，虽然只生了一只小豹。

莉娜从前几次的丧子中获取了经验教训，它把家选在一片荆棘丛生的树洞里，除了捕食，寸步不离。但三个月后，厄运还是降临了：那群鬣狗又盯上了小豹。鬣狗是著名的残忍主义者，奉行的是强盗逻辑和冷血政策——它们一哄而上，从莉娜身下抢走小豹，当着莉娜的面，将"唧唧"叫、四肢踢蹬的小豹撕碎，吞下。

面对此情此景，作为母亲的莉娜，它的心情，我们就不去揣测了吧！

莉娜开始报复鬣狗。

莉娜最初的复仇毫无理智，近乎疯狂：冲进鬣狗群，见谁咬谁。但它的体力连单个的鬣狗都不如，所以总是得不偿失，甚至几次差点丧命。莉娜改变了策略：跟踪鬣狗群，寻找它们的栖息地——莉娜要以牙还牙，报复鬣狗的幼崽。

莉娜终于找到了鬣狗幼崽藏身的洞穴，但是，残忍如鬣狗者，对自己的孩子也同样慈爱有加——造化万岁，她赋予一切动物与生俱来的至深至伟的母爱，要不然，这个星球早已死气沉沉，单调乏味，更别说人类的生生不息了！莉娜多次偷袭或强攻鬣狗洞穴，都被守护洞穴的鬣狗击退。莉娜不放弃，徘徊在鬣狗洞穴的四周，抓住一切机会进攻。

鬣狗们终于妥协，转移幼崽——不知道它们此时是否为自己曾经的罪恶而后悔。然而莉娜很快又找上门来。鬣狗们只得又一次转移，但莉娜鬼魅一般，如影随形。

这天，莉娜的机会终于来了：一只调皮的小鬣狗，被一只蜥蜴所诱惑，不知不觉跑出了很远。就在小鬣狗意识到危险却不知所措时，莉娜出现了，不费吹灰之力将其摁在爪下。

莉娜并没有立即杀死小鬣狗，而是像猫戏老鼠那样，时而撕咬几口或抓打几下，时而又放开它，等它跑出几米远再扑上去……莉娜是想通过这种方式发泄它对小鬣狗家族的仇恨吗？很快，小鬣狗伤痕累累，鲜血直流，伏地凄叫，无力逃跑。

鬣狗们找来了，可当它们一哄而上时，莉娜却叼起小鬣狗爬上了近旁的一棵大树。

面对树下拼命跳跃、撕心裂肺大叫的鬣狗们，树上的莉娜气定神闲，仿佛变态的表演者，随心所欲地蹂躏着小鬣狗。小鬣狗已完全放弃了逃生的努力——自从被带到树上，它就只有浑身瑟缩、惨叫的份了。

或许是觉得无趣了，莉娜停止了表演，侧躺在树丫上，压着小鬣狗的一只前腿，让它的身子悬在半空。小鬣狗一动不能动，只偶尔发出几声微弱的惨叫。

不知过了多长时间,小鬣狗竟然咬住莉娜的一颗乳头——它是意识不清还是"认贼作母"呢？莉娜立即大怒,吼叫着就要去撕咬小鬣狗。可怜的小鬣狗,浑然不觉,竟然贪婪地吮起乳汁。然而谁也没想到,莉娜的血盆大口在小鬣狗的脖颈处慢慢停住,充满杀机的双眼也渐渐柔和起来……

约莫一分钟,莉娜仿佛完全变成了另一只猎豹:将小鬣狗从身下缓缓叼起,轻轻放到两条后腿间,再轻轻夹住,伸出舌头,在小鬣狗身上柔柔地舔舐起来。目光里,尽是慈爱。

小鬣狗吃饱了。莉娜再一次做出了惊人的举动:轻叼着小鬣狗,慢慢爬下树,将小鬣狗还给了树下的鬣狗。

——小鬣狗无意间吸奶的动作,激活了莉娜内心深处的母性。母性,似一溪清泉,浇灭了莉娜心头如火的仇恨!

跳羚达塔

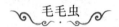

毛毛虫

清晨，跳羚达塔啃一口鲜草，摇几下尾巴，再跳几跳——它似乎在向那些正对它虎视眈眈、望眼欲穿、垂涎三尺的狮子、豹子炫耀。

达塔停下嬉闹，微昂起头，侧目，倾耳，似乎在看向什么听向什么，神情淡淡，十分随意，甚至还带着几分轻视和讥笑。

达塔其实早已发现了敌人：一只狮子，就在左前方那片茂密的草丛里，卑躬屈膝，缩头夹尾，咬唇贴耳，屏气凝神，鬼鬼祟祟，贼眉鼠眼地爬向自己。不仅如此，达塔还知道，这四周，此时，像这只狮子一样正在丑陋表演的至少还有两只。达塔微微一转头——不是两只，而是七只。达塔静静地立在原地，轻轻地打个响鼻，悠悠地摇几下尾巴，啃几口草。

达塔当然不把这些狮子放在眼里。

达塔的自信来自于它种族与生俱来的基因：跳羚是全球一百三十多种羚羊中最擅长跑跳的一种，一跳能远达四米。就连刚生下的小跳羚，只需两三分钟，哪怕身上还包裹着胎衣，也能一跃三米。这确实令狮子、豹子们望尘莫及，但它们又实在无法抵御跳羚特别鲜美的肉，因此常常碰运气似的进攻跳羚，结果当然是费煞了心思、耗尽了力气，也一无所获。自古以来，除了衰老、疾病和极偶尔因素，跳羚几乎没有成为大型食肉动物的美味。

或许，达塔觉得应该让这些滑稽的敌人出场了。它一个跳跃一声惊叫，立即，狮子们同时大惊同时跃出。再看达塔，脊背弓起，四肢下伸，并拢，一弹，一跃，秀颀的身体在空中划出一条优美的弧线，就落到了四米开外。狮子们来不及转弯，摔倒，爬起，追去。达塔又一弹一跃，就到了它早已选定的一片浅草区。

浅草区，达塔在又一次跃到空中的时候，看到了一只狮子——一只或许刚从别处赶来、还没来得及潜伏到深草里的狮子，就在自己即将落脚的地方。这怪达塔太大意——刚才选定逃跑路线时，它根本没看向这片浅草区，因为它的经验里这里绝不会有敌人。达塔一定很吃惊，但也仅仅是几十分之一秒的吃惊，身子就稍稍改变了方向，于是落点也发生了改变——达塔落在了那只狮子的脊背上。倒霉的家伙，大概正想着守株待兔的美丽故事吧，不想四只坚硬的蹄子从天而降，它一身哀叫，滚在地上。

达塔来到一个高坡上，"咩"叫着，打着响鼻，摇着尾巴，啃着青草，依旧气定神闲。那边，七只狮子已停止了追击，围在那只翻滚于地的倒霉蛋身边。

达塔看到了一条蛇，两米左右，昂着头，摇着尾，吐着信子，看着自己，似乎不很友好。达塔赶紧跳出几米之外。

蛇并没有敌意，只是捕食了几只小昆虫，接着旁若无人地在草地上伸直，盘曲，甩尾，游蹿，翻滚，腾跃——它在做游戏呢。

达塔似乎被吸引住了，不由得走近几步。蛇立即显出友好的样子，尖尾巴轻轻触碰达塔的腿，痒酥酥、麻溜溜的。达塔一定觉得很好玩，走过去，用蹄子轻轻拨弄蛇。蛇更加兴奋了，和达塔戏耍起来。

蛇先是围着达塔的四条腿炫耀本领，后来顺着达塔的腿爬上达塔的背，做起了"高难度动作"。达塔侧着头，咧着嘴，眯着眼，享受着它从未有过的美妙感觉。

不一会儿，蛇爬到了达塔细柔的脖颈上。达塔努力歪过头，想看看它这个可爱的小朋友在耍什么花样。达塔看不见，却感觉得到，它的朋友正将那绳子一样的身子绕在它的脖子上。达塔一动不动，静静的，脸上写满了享受

环保中国·自然生态美文馆

和期待——它的朋友一定有更拿手的好戏呢。

　　达塔一高兴,就想吃草,这才发现那条绳子让脖子有些不自在。稍一愣神,那条绳子就紧了起来。达塔"咩"一声,大概是告诉它的朋友"轻点,我不舒服"。那条绳子却越来越紧,紧得达塔的呼吸都紧张了。达塔想大声告诉它的朋友"不带这么玩的",却叫不出声。

　　达塔分明意识到了什么,猛烈地大跳,拼命地摆头,但那条绳子还在不断地收紧,收紧,再收紧……

　　达塔死了。它怒瞪的双眼里一定有太多的不解和不服:强大的豺狼虎豹都无奈我何,这细小的蛇怎么就要了我的命?